COLD　警察庁特捜地域潜入班・鳴瀬清花

内藤　了

角川ホラー文庫
24177

目次

【主な登場人物】

鳴瀬清花《なるせさやか》　特捜地域潜入班へ出向させられた神奈川県警の刑事。好物はグミ。
土井火斗志《どいひとし》　特捜地域潜入班の班長。好物はインスタント麺《めん》。
万羽福子《まんばふくこ》　特捜地域潜入班の後方支援室通信官。ヤマンバ化する習性あり。
丸山勇《まるやまいさみ》　特捜地域潜入班の連絡係兼生活安全局の指示待ち刑事。祭りと蝶《ちょう》が好き。

返町秀造《そりまちしゅうぞう》　清花の元上官。警察庁刑事局刑事企画課課長。

木下勉《きのしたつとむ》　清花の元夫。
木下澄江《すみえ》　勉の母親。
木下桃香《ももか》　清花の一人娘。

——自我には三つの要素があると思われる。
他人に自分がどう映るのかという想像、
他人に自分の行動がどう見えるのかという想像、
それに対する矜持《きょうじ》や屈辱感などの自己感情、である。
チャールズ・ホートン・クーリー——

プロローグ

バタバタバタッ！　と窓が鳴る。コンクリートの壁はシミのかたちが幽霊みたいで、土の床とささくれた木の腰掛けから冷たさが全身を刺してくる。なんとか燃えているストーブも、温かな色味がもう消えそうだ。

ああ、どうしよう。お母さんは口を覆って、助けて欲しそうな顔をしている。安心させてあげたいけれど、顔がこわばって動かせない。ガチガチと奥歯が鳴って、息をするだけで凍えそうなのだ。バタバタバタバタ、ガタガタガタ、ビュウビュウ、ガンガン……外はあまりに騒がしく、どこからか細かい雪が吹き込んでくる。

電気も点《つ》かない小屋のなか、ストーブが消えたら、きっと暗さに襲われる。それが言葉にできないほど怖い。高いところにある窓は、そこだけぼんやり明るくて、ガタガタ揺れるガラスに雪が張り付き、すぐまた風に飛ばされていく。この場所は怖い。古さと暗さと寒さが怖い。足先と手指は感覚がなくなって、脇の下とか股《また》の間とか、手を差し込んで温めていた場所も冷たくなって、いっそ熱いような、シビれてしまったかのような、不思議な感じに変わってしまった。鼻水はとうに凍って睫毛《まつげ》が白い。髪の毛も。

「どこまで行ったの？　どうしてまだ助けに来ないの？」

独り言のようにお母さんが訊《き》いてくる。答えなんか知るはずないのに。

ついにストーブが消えてしまって、一気に寒さが攻めてきた。

お母さんは立ち上がり、おじさんたちが置いていった荷物を引き寄せた。

「……大丈夫よ、何かあるから。懐炉とかセーターとか。そうすれば暖かくなるから」

何を着たって暖かくなんかならないと思った。だって、もう、体が氷みたいだし。だから、せめて、耳を塞《ふさ》いだ。あまりに風が激しくて、怖くて、怖くて、仕方がないから。コンクリートの壁が凍っていく。雪はヒュウヒュウ吹き込んでくる。暖かさなんかどこにもなくて、小屋中が暗くなっていく。

「ああ、もうっ」

リュックをかき回していたお母さんは、いきなりそれを逆さまにして中身を全部ぶちまけた。転がり出たのは水筒と絆創膏《ばんそうこう》と乾電池、サングラスと食べ物のゴミだけで、セーターも懐炉もどこにもなかった。お母さんは別のリュックを引き寄せて、今度は最初から逆さまにした。そして、

「どういうことよ！」

と、怒ったみたいな声で叫んだ。両手で強くリュックを握り、天井の隅を睨《にら》んだけれど、そこには梯子《はしご》とハンガーと、注意書きの看板しかない。

誰を見てるの？　やめて、怖いよ、お……かあさ……ん。

声は喉《のど》から出て来ずに、空気のようにかすれて消えた。風の音、雪の音、窓の揺れる音しかしないのに、お母さんは聞こえたみたいに隣へ来て、ぎゅうっと強く抱きしめてくれた。上着を広げて包み込み、大丈夫よ、とまた言った。お母さんの体も冷え切っていた。

「お母さんが助けを呼んでくるから」

そしてガタガタ揺れる扉を睨んだ。

行かないで。すぐに助けが来るんでしょ？　ここで待っていれば安全だって、おじさんたちは言ってたよ。でも言葉にならない。口まで凍ってしまったのだ。

「お母さんが行くから。大丈夫だから」

キュッと力を込めてから、お母さんは立ち上がった。毛糸の帽子を脱いでフードの下にかぶせてくれて、耳の下まで引っ張って、またフードをかぶせてニコリと笑った。

帽子は香水の匂いがした。

「すぐ戻るから、大丈夫だから」

取りすがる間もなく出口へ進む。

行かないで。ここは寒くて、とっても暗い。ひとりぼっちはいや、怖い。

外の嵐に負けないくらいに心は猛《たけ》り狂っていたけれど、暴れるほど震えただけで、喋《しゃべ》れないし、動けなかった。

お母さんは扉の前に立ち、開けようとして上半身と両足を突っ張った。ガタガタガタ、ビュウビュウビュウ、風で扉が動かないので、肩を押し当て、グッと力んだ。とたんにバン！　と扉が開いて、白い嵐が吹き込んできた。お母さんのジャンパーが翼のように舞い上がり、長い髪の毛が逆立った。体を斜めにして飛行するように両腕を伸ばし、吹雪に抗《あらが》っていたお母さんは、さようならを言うみたいに振り向いた。怒りと絶望、そして呪いが両目に燃える。髪の毛がめちゃくちゃに逆立って、体に雪がへばりつき、顔色は蒼白《そうはく》に、唇は紫色になっている。小屋の中に少しだけ残っていたぬくもりも一瞬で消え、辺り一面が雪まみれになった。

行かないで、お母さん、行かないでここにいて。

なぜかほんのり暖かくなり、瞼《まぶた》が重くて目を閉じた。

ずいぶん時間が経ったのか、それとも目を閉じたのは一瞬なのか。気がつくと、誰かがささやく声がしていた。もう、寒さも怖さもわからなかった。

ある冬に……と、声は言う。二人の木こりが吹雪に遭って……小屋で一夜を過ごしたんだって……一人は若者で、一人はお爺《じい》さんだった。

うとうとしながら若者とお爺さんの姿を思い描いた。

真夜中になって、吹き込む風に気がついて、若者が目を開けると、真っ白な女がお爺さんの上にかがみ込み、冷たい息を吹きかけていた。ふー……ふー……。

その光景は今の自分とそっくりだった。凍り付いていく老人の気持ちがわかる。白い女が見える気がする。

お爺さんが死んでしまうと、女は立ち上がって若者のところへやって来た。青白い肌に白い髪、両目がつり上がって、瞳《ひとみ》は赤く輝いている。

女は腰をかがめて若者の顔を覗《のぞ》き込み、しばらくしてからこう言った。

おまえはまだ若くて美しいから助けてやろう。そのかわり、今夜のことを決して誰にも話すんじゃないよ。秘密を漏らせば、そのときは、おまえの命をもらうからね。

目を開けるとソレは目の前にいた。髪も顔も唇までも真っ白で、伏せた睫毛に雪が結晶を作った女だ。ビニールトイみたいな指を伸ばして、優しく頰を撫《な》でてきた。

「ほんとうの……魔物はね」

暗くて怖い声だった。聞いているだけで呪われそうな声だった。

「怖い顔などしていない。親切そうな顔で騙《だま》すんだ」

見つめてくる目にゾッとした。唇には雪が張り付き、髪の毛は逆立ったまま凍っていた。氷で作った人間みたいに思われた。

ガタガタガタ……ビュウビュウビュウ……女が息を吹きかけてくる。かすかに甘い匂いがする。こっちも次第に凍っていく。

忘れるな、覚えておけ、と、声は言う。そして歌を歌い始めた。

――サンギョウのオオカミ、きみこどん……ムスメを売って、シラセを売って、夜中にムスメを鍋《なべ》で煮た……おしゃべり大好きカラスの長者……煮えたムスメを最初に食べた……手下のイタチが骨を捨て……――

それは不思議な韻律を持って、おとぎ話のようにスルスルと脳に溶け込んできた。太った狼とおしゃべり烏、手下の鼬《いたち》が鍋を喰《く》う。クツクツと鍋は湯気を吐き出して、汁の合間に娘の顔が覗いて見える。蒼白で紫色になった唇と、風に逆立つ長い髪、冴《さ》え冴《ざ》えと底光りしていたお母さんの目を思い出す。お母さん……早く戻って。帰ってきてよ。ガタガタガタ……ビュウビュウビュウ……吹雪はソレが泣く声だ。

ほんとうの魔物は怖い顔などしていない。親切そうな顔で騙すんだ。忘れるな、覚えておけ。三業の女将、きみこどん、娘を売って、知らせを売って……。

真っ白な夢がやって来る。体も心も凍っていく。

ああ、そうか……雪女に殺された老人もこんなふうに呪いを受けて、死の間際に真っ白な夢を見たのだろう。

病院のベッドで目覚めたときは白い天井に陽が差していて、それがどこかもわからなかった。雪女の声がリフレインして、今もまだ避難小屋にいるような気がした。建物を揺らす風の音、窓に叩《たた》きつける雪粒の音、隙間から降り込んで積もる雪。紙のような女の顔と唇と髪、赤い眼などが香水の香りと共にまつわりついて、近くにまだアレがいるような気がした。体がくっつき合ったあのときに、心も溶けてひとつになって、コートみたいに雪女を着て、手も、足も、体も全部、氷になってしまったと思った。

秘密を漏らせば命はないぞ。

覚えておくのだ……ほんとうの魔物は……。

忘れるな、覚えておけ。忘れるな。

「お母さんは助けを呼びに出て行った」

と、子供は言った。

偶発性低体温症による幻視だろうと警察官は考えた。

なぜなら捜索隊が避難小屋の扉を開けたとき、母親は子供に覆い被《かぶ》さったまま、雪に埋もれて死んでいたからだ。彼女は着ている服をすべて脱ぎ、裸で凍りついていた。子供も意識がなかったけれど、一命だけは取り留めた。母親は自分の服で子供をくるみ、冷たい雪に全身をさらして、我が子を守り抜いたのだった。

第一章　万羽福子の好奇心

　異状死体の解剖率は欧米諸国が平均五十パーセントであるのに対し、日本の全国平均は平成二十八年で十二・七パーセントまで上昇したものの、令和四年には九・八パーセントと減少しているという。

「令和四年の数値はコロナ禍の影響ともいえますが、国内で解剖率が上がった平成二十八年の数値ですら欧米諸国には遠く及ばず、犯罪死の見逃し事案に資する死因究明制度のあり方について、さらなる検討が必要なことは明白です」

　女性法医学者が教壇で熱く言う。脇のスクリーンに犯罪死の見逃し案件についての資料が映し出されて、彼女の言葉を裏付けている。

　これがあるから私たちが過去の事案を調査するのだと、万羽福子《まんばふくこ》は自分に頷《うなず》く。

　犯罪死見逃し防止のために関係省庁は新たな制度の導入や構築を進めているが、急務とされるのは所要の解剖医を養成、増員することだと、法医学者は訴える。

本当にその通りだと、またも福子は頷いた。

資料のプロフィールによれば講師は福子に近い年齢なのに、地味目の黒いスーツ姿で、おかっぱ頭に化粧っ気のない顔、話すたびスクリーンを覗く仕草は大学生のようにも見える。いくつかの大学から学者や研究者たちが聴講に来ているが、彼らに比べて若々しいのは、小柄でアクションがちょこまかしているからだろう。

二月。警察庁の通信官である万羽福子は、東京大学の講義室で『死亡診断に係る講習会』に参加していた。講師は旭川《あさひかわ》総合医療大学の法医学者で『偶発性低体温症による死亡の診断』について講義をしている。

偶発性低体温症による死亡は一般的に『凍死』と呼ばれているものの、凍って死ぬわけではなくて、十度程度のプラス気温でも起こるとされる。

福子が所属する特捜地域潜入班は、未解決事件やコールドケースの再調査をする部署だ。『現在進行形』のレアな事件ではなくて、過去に起きた未解決事件から共通項や不明な点を探し出し、それらが同一犯の仕業である可能性を検討したり、不可解事件の真相を解明したりする。

ただし、真犯人の目星がついても逮捕はしない。調査結果を最寄り署に渡して逮捕につなげるまでが仕事で、白星を挙げることは求められない。ノルマはないが成果を評価されることもなく、『警察は事件が起きてからでないと捜査をしない』という批判に応《こた》えるために、はみ出し者を集めて作られた宣伝部署だ。よって『各種講習会に参加した実績』を上げる要員にも頻繁に抜擢《ばってき》されるのだ。

教壇ではスライドが切り替わり、北海道の雪景色がスクリーンに浮かんだ。

青と白のほかには色がない。雪原の向こうに雪を張り付けた木々が横一列に立ち並び、それ以外は高い空と大雪原だけが広がっている。大地と空を分けるのは雪をまとった防風林だけ。あまりに美しい風景を指して講師は言った。

「日本の最北端に位置する医科大学である旭川総合医療大学は、他所《よそ》と比べて偶発性低体温症による死亡の検屍《けんし》および解剖を行う頻度が高いです」

おかっぱ頭を揺らして受講者たちを順繰りに見る。

「凍死体の多くは解剖を経ることなく、状況から『凍死』と判断されます。なぜならば凍死のほとんどが災害や事故、自殺で生じているからです」

解剖を行わないと、犯罪死の見逃しにつながってしまうと彼女は訴える。

「凍死の診断の難しさは特異的所見がないところにあります。では、具体的にどのように診断に至るかといいますと、ご遺体の状況、他の死因の除外、凍死したときに見られる特徴的所見などを総合的に判断して決定します。除外診断で警察が事件性を疑わず、所見での処理を決定した場合、検案医は診断に苦慮します。よって凍死の判断基準として確実性の高い指針を得ることが大切なのです」

　講師と目が合ったとき、福子は、

『本当のところは解剖しなけりゃわからないのよ』

と、彼女が心で言うのを聞いた。スクリーンはまた切り替わり、二つのシャーレに満たされた色の違う血液が映し出される。

「これは凍死体の左右心臓血です。色に違いがありますね」

　左の血液は鮮やかな赤色、右の血液は暗赤色だ。

「凍死体では左右心臓血の酸化ヘモグロビン値に差が出ます。その結果が色調差として確認できる。これを診断所見に応用できるよう法医病態学の研究対象としたデータがこちらです」

　心臓血のデータをグラフにしたものが表示されたが、福子にはそれを読み解く知識がなかった。そもそも凍死はどのように起きるのか、講師は細かく説明している。

「全身が寒冷に晒《さら》されると、体温を維持しようと代謝が活発になります。熱を産み出すことで体温を調節するわけです。それでも寒冷に晒され続けて深部体温が三十五度以下まで低下すると『偶発性低体温症』になります。もはや命の危険が迫っている状態です。体温調節機能が限界を超えると体温は次第に低下して不整脈が起き、死に至ります」

講師は遺体の画像を呼び出した。紫色の死斑《しはん》が出ている男性の遺体と、風呂《ふろ》上がりのように鮮やかな赤色の皮膚を持つ男性の遺体だ。

「暗紫色の死斑を持つ男性は病死です。凍死以外では個体死と細胞死が同時に生じないため、酸素供給が止まった後でも全身で酸素化ヘモグロビンが消費され、還元型ヘモグロビンに変化します。左右心臓血は共に暗赤色となって、色調の差は乏しいです。

これに対して凍死体では、死亡前の数時間にわたり低温環境下に置かれるため、全身の代謝が低下して酸素の消費量も低下しています。これにより死後に酸素供給が停止しても酸素化ヘモグロビンが消費されにくく、存在する酸素化ヘモグロビンが保たれるので左右心臓血の色調に差が出やすくなるのです」

検屍で八十パーセント以上、解剖では九十六パーセントの凍死体で心臓血の色調差が認められたと講師は言った。

『左右心臓血の色調差』と、福子はノートに書き込んだ。

「では次に、凍死体に認められる比較的特徴的な所見についてお話しします」

遺体の写真が消えて、凍傷を負った体の部分が現れた。凍死体に八十パーセント以上の頻度で見られる、第一度から第三度凍傷の皮膚写真である。

地域潜入班で調査を担当する仲間は出張が多く、どうしても本庁にいる福子に勉強会の参加依頼が回されてくる。福子自身は知識欲が旺盛《おうせい》なタイプで学ぶことはむしろ嬉《うれ》しく、死亡事案をテーマにした勉強会に参加するのはこれが二度目だ。

先ほど講師も言っていたように凍死体の多くは解剖を経ることなく状況判断で診断を下される。警察も限られた人手と予算をやりくりしながら死因究明に努力しているが、人の死に関わる仕事を選んだ以上、個人レベルでも知識を備えて事件と真摯《しんし》に向き合うべきだと、福子自身は考えている。

「第一度から第三度まで、ご遺体には凍傷がよく見られます」

靴下のゴムの跡か火傷《やけど》の痕《あと》と見間違うような皮膚症状を、講師は凍傷であると言う。その箇所の皮膚が鮮やかな紅色になっているのが第一度凍傷の比較的特徴的な所見であると。凍死体には鳥肌が確認できたり、陰嚢《いんのう》や陰茎が収縮したりしていることが多い。ご遺体が狭い空間に隠れるように入り込んでいたり、寒いのに服を脱ぐ『矛盾脱衣』という現象もあると説明していく。

症例が多いのでスクリーンではなく手元の資料を見るよう促され、福子は資料をめくって何人もの凍死体の写真を見た。個人が特定できないよう顔にボカシが入っているが、それでも生々しい遺体写真であることに変わりはない。胸の奥で合掌しながら、(必ず役に立てますから)と、亡くなった人たちに感謝する。

雪の中、あるいは林の中で靴を脱ぎ、ズボンを下ろした状態の人たちがいた。

矛盾脱衣は、中枢血管の運動神経が麻痺《まひ》して血管拡張を引き起こした結果、温度感覚に異常を生じて起きるともいわれる。寒いのではなく暑いと感じて服を脱いでしまうのだ。こうした症例は凍死者の四十パーセント程度に見られるといい、決して珍しいものではないという。

凍死体は比較的きれいな状態で発見されるが、それでも衣服を脱ぎ散らかして倒れた姿は臨終の狂騒を思わせて、こちらの胸を衝《つ》いてくる。遺体に刺し傷や肉体的損傷が見られないからこそ、発見が早ければ救えた命だと悔しく思う。この人たちはどれほど道を探したろうか。助けを求めて叫んだろうか。寒さに震え、暗闇に怯《おび》え、闇雲に雪の中をさまよったのだろうか。

凍死は都市部でも起きていた。酩酊《めいてい》して屋外で寝込んだまま、心臓が止まって死んだ人たち。ああ、人は、こんなふうに死んだりもするのだ。

それらの写真で最も新しい案件とされた遺体は高齢男性のものだった。沼地のような場所で股引《ももひき》とズボンを片足の先に引っかけたまま、パンツ一枚で仰《あお》向けになっている。左の薬指には金の指輪、首にも金の鎖を巻いていて、拳《こぶし》に握った両手を胸に置き、首を捻《ひね》って頭上を振り仰ごうとしているようだ。

「……あれ？」

福子は写真を目の高さまで持ち上げた。遺体の首に丸くて赤い痣《あざ》がある。耳の後ろに三つ、縦一列に並んでいる。

「先生」

挙手すると、小柄な講師がこちらを見て訊《き》く。

「はい。どうしましたか？」

福子は資料写真の事例ナンバーを講師に告げた。

「こちらのご遺体の首にある痣はなんでしょう？　これも凍傷の痕ですか？」

何かの理由で特徴的な凍傷痕《こん》ができたのならば、それが何かを突き止めることで捜査に応用できると考えていた。

講師は資料を確認すると、聴講者全員に答えて言った。

「これは昨年の十一月に釧路《くしろ》湿原で見つかった男性の凍死体写真です。たしかに耳の後ろに特徴的な三つの赤い点がありますす。よく見つけましたね……これは……」

と、苦笑するように首を傾け、

「凍傷ではなく生前にできた痣だと思います。死因とは関係のない、たとえば」

キスマークのような……と、彼女は言った。

「キスマーク」

教室内に笑いが漏れた。

福子はもう一度写真を見た。そうかもしれない。そうじゃないかも。

なぜならば、別の勉強会でよく似た痣を見た気がするのだ。あのときは気にも留めなかったが、この男性が亡くなったのが昨年の十一月なら、前の写真とは別人だ。それなのに、これほどそっくりな痣をまた見るなんて……とても気になる。

凍死体にキスマーク。顔は見えないが服装や体つきから六十代くらいと思われる。それでもキスマークがつくような生活を？　そういうものかもしれないけれど、アラフィフ独身女の自分には想像がつかない。

福子はその写真のページだけ紙の角を折り曲げた。

以降は解剖時に認められる凍死の所見について学んだ。内臓に関することなので、資料には死体写真ではなく臓器の写真が載せられていた。

血液検査をすると凍死体の二十三パーセント程度でアルコールが、四パーセント程度で薬物が検出されるという。それらの影響で寒冷状態から脱出できなくなって凍死するのだ。但し、それが外的要因によるのか、内的要因によるのか、他殺か自殺かについては解剖ではわからないと、講師は主観を交えずに言う。

それは私たちの仕事だ、と、福子は心で呟《つぶや》いた。

凍死体はあまり解剖されないと講師が言っていたように、臓器の資料写真は多くなかった。それでも体内から取り出された『部位』だけを見ていると、人間と動物の差はなんだろうと妙な気持ちが湧き起こる。

警察官になって初めて臨場した変死の現場、あのときの衝撃を忘れて久しい。年を取ったというだけでなく、日々目にする事件の概要や、捜査員の苦労、犯人の言い分やその手口、凄惨《せいさん》な現実に慣れ切ってしまったせいだと思う。それはとてもよくないことだ。一般の、民間人の、苦悩や衝撃や悲しみや憤りを忘れることは。

福子は資料から目を逸《そ》らし、講師や研究者たちなど目の前にいる人々を見た。

欧米諸国と比べて日本の解剖総数が少ない理由のひとつに、解剖を遺体損壊と捉《とら》えて忌避する日本人特有の倫理観がある。

自分は警察官だけど、その気持ちに理解を示す感情は持ち続けていないとマズい。感情に囚《とら》われていては冷静な判断ができない刑事や解剖医と違い、せめて自分は、部位を部位としてしか見ない気持ちにセーブをかけよう。これは人の一部であり、その死の真相を調べて活《い》かすために見せてもらっているのだと。

福子は臓器の写真を指先でなぞり、心の中で頭《こうべ》を垂れた。

地域潜入班の活動拠点は警察庁本部の一室ではなく、班長の土井《どい》が管理するキャンピングカーに置かれている。

福子は本庁の通信業務と兼任であるため本部の通信室に席があるが、そのデスクは機器や書類で一杯だ。休憩時間はデスクを離れて喫茶コーナーや食堂へ移動するので、席に置ける私物も必要最小限のものだけだ。だから東大の勉強会に参加したあと、福子は以前の勉強会でもらった資料を引っ張り出して資料検索室へ移動した。凍死体の首に残されていた三つの痣が、本当に以前見たものと酷似しているか確認するためだ。

資料検索室には検索用パソコンが何台か置かれている。室内は狭く、壁の片側に数台のパソコンが並べられ、背中側の書棚には古くてデータ化されていない資料の写しなどが並んでいる。パソコンではデータ化された全国の事件にアクセスできるが、紙の資料は未解決事件や世論を賑《にぎ》わせた事件に限り陳列されている。室内は無人で薄暗く、紙と埃《ほこり》の匂いがした。

室内灯を点《つ》けてブラインドを少し開け、デスクの中央に座ってパソコンの電源を入れた。古いデスクトップパソコンだが、閲覧に支障が出ない程度のデータしか扱わないので問題はない。

東大の勉強会でもらった資料の角が折れたページを開くと、以前の資料も取り出した。こちらは凍死に限らず『遭難死』というテーマを扱う勉強会だった。

記憶の痣はスキー場で死亡した男性の遺体にあった気がする。

キーボードの手前にスペースを空けて、福子は二冊の資料を並べた。

遭難現場で見つかる死体はただの凍死と様子が違う。滑落死体は顔面を損傷するし、四肢や背中があり得ない方向へ折れ曲がっていたりする。五体がつながっていればまだいいが、雪崩などに巻き込まれ、何がどうなっているのかわからないようなご遺体もある。表層雪崩はスピードが時速二〇〇キロにも達することがあり、一平方メートル当たりに二〇トンもの圧力と破壊力を生じるからだ。

それらの写真には死亡原因となった事故の説明も付されている。滑落死、凍死、雪崩による窒息死、圧死。ほかに衰弱死や動物による損壊も。

「あった。これだ」

と福子は言って、ページをめくる手を止めた。

それは三年前にスキー場の滑走禁止区域に入って行方不明となり、凍死体で発見された男性の写真であった。発見時、遺体は完全に凍っていて、両手首から先が真っ白だった。首の同じところに痣がある。三つの丸だ。あのときは防寒着のボタンか何かの跡だと思った。

「でも……キスマーク」

こちらの男性は四十代くらいだ。顔がわからないよう加工されているし、事故の顚《てん》末《まつ》や個人情報は載せられていない。でも、遭難事故の救助や捜索で指揮を執るのは警察だ。消防隊のほか地元ボランティアや山岳ガイドや、山小屋の経営者などが協力する。だから記録は警察の資料に残されているはずだ。

福子は自身のスマホの検索欄に『痣《あざ》　凍死』と入力してみた。家庭内暴力などで痣を負い、凍死した人たちのニュース記録がヒットしてきた。『丸い痣　凍死』と入力すると、頓珍漢《とんちんかん》な記事ばかりがヒットした。ついでに『キスマーク』と入れてみた。肌に浮き出た痣の写真がモニターに浮かんだ。丸い形状が似ているものも確かにあった。それどころかキスマークが原因で血管内に血栓を生じ、重篤な事態を引き起こしたという例がヒットしてきた。死亡例まであった。

殺人に応用が利くとも思えないけど、知識としてはインプットしておこう。

三つの痣と凍死は関連性がなさそうだ。耳の後ろにキスマークがつくのも不思議ではない。それでもなんとなく引っかかるので、凍死事故の記録データを呼び出した。

勉強会で聞いた以上に、凍死は様々な場所で起きている。たとえば公園、住宅地の畑や側溝や、居住する家の中でさえ。

——凍死体の多くは解剖を経ることなく、状況から『凍死』と判断されます。なぜならば凍死のほとんどが災害や事故、自殺で生じているからです——

死ぬつもりで睡眠薬を飲み、寒い場所で眠って凍死した場合は自殺になる。

泥酔し、前後不覚のまま屋外で寝込むなどして凍死した場合は事故死だ。

けれど、殺すつもりで薬を飲ませたり、泥酔させたりして、寒い場所に放置した場合と見分けることは難しい。その人物がトラブルを抱えていたり、人に恨まれたりしていなければ、警察は事件性を疑わない。

「結果として犯罪死の見逃しも起きやすくなるってことね」

パソコンモニターから体を離すと、福子は腕組みをして資料を眺めた。

「んー……」

低く呟いて、また記録データの検索を始める。先《ま》ずは今日の勉強会の資料にあった男性の身元を調べた。

「事故があったのは昨年。六十代くらいの男性で、場所は釧路湿原……」

データを打ち込むと、北海道警察の釧路方面弟子屈《てしかが》警察署に記録があった。同じ写真がボカシなしで掲載されている。名前も年齢も住所もあった。北海道へ旅行に来ていて不幸に遭ったらしいのだ。福子はデータをプリントアウトした。

スキー場で亡くなった人物も検索した。三年前の話でスキー場がどこかもわからないが、スキー場の死亡事故は多くないので簡単に見つかるだろう。

コンコン、と、誰かがドアをノックした。モニターから目を逸らしてドアのほうを見ていると、カチャリと開いて、無精髭《ぶしょうひげ》でボサボサ頭の中年男が隙間から顔を覗《のぞ》かせた。潜入班の班長、土井火斗志《ひとし》だった。

「やあ」

と言ってから、ドアを全開にしてぬるりと室内へ入ってくる。手にはコンビニのレジ袋をぶら下げていた。

「土井さん。こんな時間にどうしたの？」

キーボードから指を離して訊《き》くと、土井は福子のふたつ向こうの椅子を引き出した。

「捜査本部のＦＦヒーターが不調でさ、修理するから申請書類を出しにね」

そこに座って手前の椅子も引き出すと、上にレジ袋の中身を置いた。

チョコレート色をしたシュークリームふたつと、一口サイズでカップに入った生チョコひとつだ。さらにコーヒーも二杯出てきた。捜査本部と土井が呼ぶのは潜入捜査に使うキャンピングカーのことである。平成十二年式のトヨタコースター、ロングボースのワンオフ車で、排気量四一六〇ccのターボ・ディーゼルエンジン。見た目はボロいが内部に最新鋭の通信機器を搭載している。そうは言っても最新鋭なのは捜査に用いる機器のみで、装備や車体はメンテナンスしながら動かしているため、最近は、ひとつ、またひとつと不具合が出ているようなのだ。

「独りですか？　清花《さやか》ちゃんは？」

ドアがまた開く気配はないし、コーヒーもシュークリームも二つきりだったので訊いてみた。清花は班に出向している刑事で、土井と一緒に潜入捜査をする役割だ。

「前の事件を書面にまとめたと、千葉大の宗像《むなかた》先生から連絡がきたんで、そっちへ行ってもらってる。彼女は頭がキレるから、あの先生とも話が合うんだ」

「たしかに適任」

と、福子は笑った。

「食べよう。差し入れだ」

おしぼりとシュークリームを福子に渡して土井が微笑む。痩《や》せぎすで、少し猫背で、頬が痩《こ》けていてギョロ目の土井は、シュークリームの袋をバリバリ破くとパクリと嚙《か》んでコーヒーをすすった。いただきます、と、福子も答える。

「通信室へ行ったらいなかったから、こっちへ来てみた。なにかあったかい？」

そう言って土井はモニターを見たが、現在表示されているのは記録の文書だ。

福子はおしぼりの袋を破って手を拭《ふ》いた。もう食べ始めている土井のおしぼりも、クリームで汚れた指を拭きやすいよう封を切る。デスクには食べ物を置けないから、椅子の座面がテーブル代わりだ。

「なにがあったと言うわけでもないけど、独身女性の好奇心を満たそうと思って」

シュークリームを袋から半分出して言うと、土井は戸惑った顔をした。

「……なんですか？」

ポカンと訊くので笑ってしまう。

「キスマークの検証よ」

冗談交じりに福子は言った。菓子を丁寧に袋へ戻し、またパソコンのほうを向いて現場写真を呼び出す。お茶をしながら見るような画像ではないが、土井はシュークリームを食べながら立ち上がってモニターを見た。

「……首に奇妙な痕跡《こんせき》があるね」

と、すぐに言う。前屈《まえかが》みになって覗き込むので、その部分を拡大してやった。データが粗いため拡大するほど画像自体はぼやけてしまう。

「今日ね、凍死診断の勉強会に参加してきたんだけど、これを講師は『キスマークのような』って言ったのよ。で、ちょっとこっちも見て欲しいんだけど」

福子は別の勉強会でもらった資料を土井に渡した。

シュークリームの欠片《かけら》を口へ押し込み、汚れた指はおしぼりではなくズボンで拭いて、土井はそれを受け取った。口をモゴモゴさせながら遺体の写真をジッと見る。土井が話に食いついたので、福子はパソコンデスクを離れて優雅に菓子を味わい始めた。

「そういえばチョコレートのシーズンね。銀座《ぎんざ》のバレンタインフェアに行かなくちゃ
……うわ、これ美味《おい》しい」

柔らかめの皮からチョコレートクリームがあふれ出す。ゆっくり味わいたいのに、クリームをこぼしたくないから、ついつい口から迎えにいってしまう。ああ、だから一口チョコも買ってきたのか。土井さんって、見た目と違って細やかで驚く。

コーヒーを楽しんでいると、土井は二つの写真を見比べながら、

「これ……本当にキスマークかな」

と、呟《つぶや》いた。

「やっぱり気になる？　私もなのよ」

土井はマウスを操作して北海道警察の記録を読んだ。

「釧路湿原は冬の観光客も多いから、きちんと整備されてるはずだ。事故にならない配慮がなされていると言えばいいのか」

「それでも禁止区域に入り込む人はいるってことでしょ？」

「たしかに、まあ、そうだけど……」

遺体の発見場所を詳しく知りたい素振りだが、ここのパソコンはネットにつなぐことができない。土井はクルリと福子を振り向くと、

「万羽さんは何が気になっているんですか？」

と、訊いた。単なる好奇心ではなかろうと、大きな目が語っている。

「キスと言ったら雪女でしょ」

馬鹿にされるのを覚悟で福子は言った。

「ゆきおんな？」

「そう。私は富山出身だから」

土井は、だから？　という顔をする。福子はコーヒーを一口飲んだ。

「その痣《あざ》、指の痕に見えない？」

「そうかなあ……」

「この班に配属されてからずっと、土着の風習や伝承にまつわる調査をしてきたでしょう？　そのせいもあって、最近はよく、寝る前に昔のことを思い出すのよ。古い実家の家屋敷とか、小学生のときに死んでしまったお祖母《ばあ》ちゃんのこととか。お祖母ちゃんの話によると、カッパなんかの妖怪《ようかい》は三本指が多いって。そう思ったら指の痕にしか見えなくなったの」

福子は少しだけはにかんだ。

「だから講師に訊いてみたのよ。この痕はなんですか？　って。そうしたら、キスマークのような、って……もう、センサーにピピッと来ちゃって」

「どんなセンサー？」

立ったままで土井が訊く。

「トラウマ級の怖い民話よ。厳密に言うと雪女じゃなくて魑魅魍魎《ちみもうりよう》の類《たぐ》いなんだけど、私には雪女のイメージなのよ」

福々しい顔の眉尻《まゆじり》を下げ、福子は怖そうに身震いして言う。

「男をキスで殺す女の話よ」

土井はその話を知らないらしく、難しい顔で首を傾げている。

椅子に座れとジェスチャーで示して、福子は言った。

「私的に雪女といえば長野県北安曇郡白馬村《きたあずみぐんはくばむら》、あとは小泉八雲《こいずみやくも》が『怪談』に記した武蔵国西多摩郡調布村《むさしのくににしたまぐんちょうふむら》が有名だけど」

「現在の調布？」

「旧調布村は東京都青梅《おうめ》市の南部にあったらしいわよ」

「なーるーほーどー」

と、土井は頷《うなず》く。

「今の東京とは違うからなあ。風景はもちろん、気候もね」

「そうよね。で、雪女は冷たい息を吹きかけて相手を凍死させるでしょ？　でも、お祖母ちゃんの話はもっと怖くて、口を吸って舌を食べるの。死者の数も十六人よ、もっとゾッとするのは……」

顔をしかめて土井は椅子に座り直した。

「その場所が、富山県黒部《くろべ》市の宇奈月町《うなづきまち》に今もあるってことなのよ。黒薙川《くろなぎがわ》から入って行ける、その名も十六人谷《じゅうろくにんだに》。むかし……」

効果を狙って福子はゆっくり顔を上げ、土井のビックリまなこを見て言った。

「その谷に立派な夫婦柳《めおとやなぎ》が生えていたのだけれど、土地の木こりが山へ入るという前の晩、下っ端の若者の許《もと》へ美しい女が訪ねてきて、柳を伐《き》らないで欲しいと訴えたのね。若者は生返事をして仲間たちと山に入るの。すると女が言ったとおりにそれは見事な柳があって、若者は伐るべきではないと訴えたけど、先輩たちは聞く耳を持たず、伐られてしまう。夜になって、みんなが小屋で眠りこんでいるとあの女がやって来る。ひとりひとりにキスをして、ゾロリと舌を抜き出して、飲み込んで……」

「こ〜わ〜い〜」

と、土井は首をすくめた。

「みな殺しにしたあと若者のところへやって来て、おまえに頼めば大丈夫だと思っていたのに、よくも夫の柳を伐り倒したな……若者は死に物狂いで抵抗して、なんとか小屋から逃げ出すけれど、老人になって、ふとその話を口にしたとき……」

福子は指先でそっと唇を押さえ、土井に向かって静かに言った。

「語っても語らいでもそうろうじゃった」

それは民話の結句である。福子の祖母も、そのように語りを終えたのだ。

「凍死体の痣を見たとき、なぜかその話を思い出したの。先生までキスマークなんて言うもんだから、同様のご遺体が十六体もあるような錯覚を覚えて、好奇心からデータを漁《あさ》っていたというわけ。私はともかく清花ちゃんなら、刑事の視点で興味を持つかも……あ、土井さんも元刑事よね」

土井は首をひねってモニターを見たが、すでにスクリーンセーバーが作動している。

「彼女ならこう言うかもなあ。矛盾脱衣も情事のため、とか――」

冗談を言ったつもりにしては真面目な顔だ。

「――雪女と寝る前に死んだか、その後か……」

「土井さん、それ真面目に言ってる？」

咎《とが》めるように訊《き》くと土井は福子の顔を見て、

「痣の理由を調べてみよう」

と、いきなり言った。

「一人だけならキスマークでいい。二人いたならなんだか怪しい。位置と大きさと間隔とかたちがそっくりだからね。調べて、もしも三人いたら……」

「……三人いたら？」

訊くと土井は首をすくめて、

「こーわーいー」

と、また言った。

「いや、冗談ではなく気になるよ。この二人に共通の背景があるとか、ほかにも同じ死に方をした人物がいるとか、疑問があるなら調べるまでだ。こういう仕事こそ窓際部署がやらないと」

椅子に載せていた一口チョコのパッケージを開けて、一粒摘《つ》まんで口に入れ、土井はおもむろにスマホを出した。清花と、もう一人のメンバー丸山勇《まるやまいさみ》に連絡する気だ。それでも何も出なかったなら、土井の評価はまた落ちる。けれども、それを気にする土井ではないということも、福子はよくよくわかっていた。

第二章　しるしを持った凍死者たち

おはよう、朝よ、起きて、起きて。とってもいいお天気ですよ。

チョウチョが起こしにくると、ドングリ虫は言いました。

もう少し。まだ眠いよう。

おはよう、朝だよ、起きなさい。学校に遅れるよ。

テントウムシが起こしにくると、ドングリ虫は言いました。

楽しい夢を見てるんだよう。もう少し。

ぐうぐうぐう……ぐうぐうぐう……やっと目を覚ましてみると、公園も、学校も、雪で真っ白になっていました。

「みんな、どこー？」

湯船の中で、木下桃香《きのしたももか》はそう呼んだ。

すっかり『ドングリ虫』になりきっている。

お風呂《ふろ》には大小のアヒルが浮かんでいて、大きいアヒルが虫たちで、小さいアヒルがドングリ虫で、タオルに落ち葉を演じさせている。いま、ドングリ虫は落ち葉の下から顔を出し、湯気で煙った浴室を見回しているところであった。

「雪が降ってる。チョウチョさん、どこ？」

「お寝坊しすぎて、また冬になっちゃったのね」

髪にコンディショナーを塗り込みながら清花が言うと、桃香は悲しそうな声で、

「そうだよ」

と、答えた。

「だーれもいないの。冬だから」

桃香にとっての冬は、公園が無人になって友だちと遊べない季節である。

清花の娘・桃香は新年度から小学校二年生になる。最近まではぬいぐるみのヒツジと『かわいそう遊び』にはまっていたが、それにも飽きて、今は『おはなしづくり』に凝っている。昔話をベースにした絵本創作を授業でやって、すっかり気に入ってしまったらしい。さっきから湯船の中で、ずっと物語を語っている。

主人公はドングリ虫で、桃香と同じお寝坊さんだ。友だちの蝶《ちょう》やテントウムシは、クリスマスプレゼントの昆虫図鑑から出演しているようだった。

本物のドングリ虫はベランダに置いたビンの中で眠っている。昨年の秋に公園で拾ったドングリから出てきて、土に潜って、今のところ変化はない。ビンには父親の勉《つとむ》がときおり霧吹きで水をかけてやっている。経験則から土が乾くとサナギが死んでしまうと知っているのだ。虫が出てくるなんて気持ちが悪いと思っていた家族だったが、今では桃香に成虫を見せられなかったらどうしようと考えている。

清花の同僚の丸山勇によれば、ドングリ虫は小さくて丸っこくて鼻が長くて細い脚のユニークな姿をしているらしい。

桃香が創る物語はいつも、ひとりぼっちのドングリ虫が友だちを探すところで終わる。頰を真っ赤にして「おーい」と呼び続ける桃香が、今日こそは物語を終わらせるだろうかと楽しみにしていると、唐突にアヒルとタオルを片付けて、

「おーしまい」

と、湯船を出てきた。ひとりぼっちでかわいそうになるところから先は思いつけないようだ。自分の口に指を入れ、

「ここ、グラグラする」

と、訴えてくる。見れば前歯がまた一本、抜けそうになっているのだった。

「汚い手でいじっちゃダメよ。ばい菌が入るから」

コンディショナーを流しながら言うと、

「お風呂に入ってるから汚くないよ」

と、反論する。シャワーを止めて様子を見ると、のぼせてほっぺが真っ赤であった。

「先に上がって体を拭《ふ》いて。ママもすぐ行くから」

はーい、と答えて出て行った。

目を離した隙に浴槽に沈みかけているなんてことはもうないけれど、最近は一丁前の口を利くようになって、別の危なっかしさがあるなと思う。成長著しい娘の姿に、一緒のお風呂が終わる日もそう遠くないのだなと感じた。

「きちんと拭いてよ」

「はーい」

「髪の毛も拭くのよ、風邪をひくから」

「はーい」

調子よく返事しているときは要注意だ。ドアの隙間から脱衣場を覗《のぞ》くと、娘はビショビショの髪にバスタオルを載っけてリビングへ出て行くところだった。

「桃香、髪の毛、拭いて」

「はーい」

と、声だけがして、

「あー、桃ちゃん、しずくが垂れてる！　滑って転ぶ」

義母《はは》の悲鳴が聞こえてきた。

「お義母《かあ》さん、すみません！」

隙間に叫んで立ち上がり、風呂場の床を流し始めた。桃香は自分で頭を洗えるようにはなったけれども、きつく目を閉じるのでシャンプーやコンディショナーが床に固まっていることがある。後から入る者が滑ったら大変と浴室内を掃除する。カルキが結晶しやすい部分を磨いて浴室を出ると、頭にしっかりタオルを巻き付けられた桃香が本を抱いて待っていた。

「今日はこれ」

と、差し出されたのは民話集だ。学級文庫から借りてきたのだろう。

最近は読むことにも凝っていて、毎日学級文庫の本を借りてくる。お風呂でずっと喋《しゃべ》り続けていたのも、就寝前に読んで欲しい本があるからだ。

「桃香がお話ししてあげたからママの番、おあいこだよ」

と、ドヤ顔をする。

「わかったから、本はベッドに置いてらっしゃい。ここだと本が湿っちゃう……ドライヤーするから本を置いたら戻るのよ」

「はーい」

桃香はまた出て行って、今度は、

「グラグラするーっ」

と、声がした。

「糸で縛って引っ張るか？」

答えているのは勉だ。

「痛いからヤだ」

「無理に抜かない方がいいわよ。そのうち自然に抜けるから」

「でも、気になるんだよな？　煎餅《せんべい》みたいな硬い物を食べると抜けるぞ」

「寝る前にお煎餅なんか食べたらダメよ。それより桃ちゃん、歯を磨いてね」

「ママがドライヤーしてからだよ」

「そのあとでいいから磨くのよ」

体を拭いてパジャマを着込み、化粧水をつけながら、家族の会話を微笑ましく聞く。

清花たち夫婦は離婚届を出して他人になったが、そのことを義母や桃香には伝えていない。夫婦だったときの清花は刑事で妻で母親だったが、刑事以外の部分は義母や夫に甘えっぱなしだったと思う。勉はそれに憤り、清花のほうも役割を押しつけられることに不満を抱いて、うまく改善できなくて、できないことで裏切って、ギスギスしていくばかりであった。だから『妻』をやめてみた。今は家賃と光熱費を払ってここに住み、刑事と母親だけをやっている。

いっそ同居人になってしまえば、多少の余所余所《よそよそ》しさはあるものの、軋轢《あつれき》は格段に減った。こんな会話を聞いていると、時折はまだ家族なんじゃないかと錯覚をする。家族に戻っても、やっていけるのではないだろうかと。

「……でも無理よ」

清花は自分につぶやいた。

自分たちは桃香の親だ。でも、また夫婦になれるかというと、それは少し違う気がする。勉のことを嫌いじゃないし、人として尊敬しているけれど、妻に戻りたいとは思えない。愛した記憶はあるけれど、今の自分はそうじゃない。向こうもきっと同じはず。桃香を育てるパートナー……それならしっくりくるけれど。

鏡を覗いて、瞼《まぶた》の張りがなくなってきたなと気がついて、顔面だけ重力が上に働けばいいのにと思う。こめかみに指を置き、上に引っ張るとキツネ顔になる。パンパンと頬を叩《たた》いていると、戻って来た桃香が真似をする。

「どうしてはたくの？」

「……肌にクリームが染みこむように」

「私もはたく」

高級クリームをオモチャにされてはかなわない。清花は娘の瞳《ひとみ》を覗いて言った。

「子供と大人は肌が違うの。だからママのを使っちゃだめよ？　かえってボロボロになっちゃうからね」

「ふーん」

不満そうな顔で洗面台の裏側に並ぶ化粧品を見上げている。そうは言っても子供の頃は清花も母親の化粧台に憧《あこが》れた。化粧水やクリームのオシャレなビンの並ぶ様は、科学者の研究室にも、魔法薬の調合所にも見えたものだった。保湿クリームを少しだけ指先にとり、桃香の鼻に載せてやる。娘はとても喜んで、

「お姉さんの匂いがするーっ」

と、両手で鼻を覆ったあとで、

「ボロボロにならない？」

と、大真面目に訊《き》いてから、答えも待たずに叩き始めた。

いつだって子供の疑問は核心を突く。ごまかしを正当化する答えに窮して娘のタオルを髪から外し、ドライヤーで乾かし始めた。大人は狡《ずる》いと考えながら。

連れ立ってリビングへ出て行くと、テーブルに置いたスマホがメールの受信を訴えていた。地域潜入班のボス・土井からである。

──明日は本庁の資料検索室へ出勤されたし──

文面はそれだけだ。地方出張の場合は電話をくれるが、それだって要領を得たこと

がない。土井との付き合いにも慣れてきて、清花は『承知しました』とだけ返信した。

「歯を磨いてね。本を読むわよ」

顔を上げると、桃香は歯磨きクリームだらけの顔で振り向いた。ちゃんとやっているというアピールだ。泡があればいいってもんじゃないのに、と思いながらも、長いこと歯磨きチェックも怠っていたなと反省する。

第一線から窓際部署に左遷され、家にいる時間が増えてから、娘は生き生きとした表情を見せるようになった。わざと子供らしくはしゃぐ姿は、今までのロスを取り戻そうとするかのようだ。うがいをさせてソファに座り、膝《ひざ》に頭を乗せて口の中をチェックした。そんな様子を勉と義母はダイニングテーブルから見守っている。今が幸せであればあるほど、顧みるヒマもなかった母親業の大切さを思い知る。母親の代わりはいないという土井の言葉が実感となって胸に迫って、清花は自己嫌悪する。正しいとか正しくないとかの話でないのは、よくわかっているのだけれど。

娘をベッドに入れて、ランダムに開いたページの民話を読んだ。

孝行な孫娘が病気の婆さまを治すために我が身を捧《ささ》げて薬とし、元気になった婆さまが事実を知って、菩《ぼ》提《だい》を弔うために三十三番札所を巡ると、最後の観音堂で生き返った孫娘と再会するという話だった。民話にはときおり生々しい死の描写が含まれる。

桃《もも》太《た》郎《ろう》の鬼は村を荒らすし、かぐや姫に求婚した貴人は貢ぎ物を手に入れようとして命を落とす。この話に出てくる孫娘は、婆さまの病気に子供の生き肝が効くと聞いて自死してしまう。自己犠牲と救いの話に桃香はじっと耳を傾けていたが、読み終わると小さな声でこう訊いた。

「ママはもう悪い人をやっつけないの？」

清花が刑事だったとき、桃香はそれが自慢であった。今いる部署は捜査よりも調査が主体で、逮捕送検しない。清花は本を閉じて娘に言った。

「やっつけても悪い人はいなくならないから」

「学校にもね、意地悪なお友だちいるよ」

娘はいじめられているのだろうかと心配になった。

「桃香はそのお友だちをやっつけてほしいの？」

すると桃香は考えて、首を傾げたまま左右に振った。

「ほしくない……泣いたらちょっとかわいそう」

予想していた答えと違う。ヘッドボードに寄りかかっていた清花は、布団に潜り込んで娘の隣に身を横たえた。

「そうか……泣かしたいわけじゃないんだね……意地悪する子にも意地悪したくなる理由があるのかもしれないし」

「どんな理由？」

目と目を合わせて桃香が訊《たず》ねる。

「それはママにはわからない。本人に訊いてみないと……」

「訊いたらわかる？」

「うーん……すぐにはダメかもしれないし、言えない場合もあると思うの」

「なあに？　言えない場合？」

「言葉にするのが難しすぎてイライラしたり」

「ナナちゃんはイライラしてるの？」

いじめっ子の名前が出てきた。清花が知る友だちの名前は仲良しのミチオくんだけだったのに、いじめっ子のナナちゃんが加わって、娘の世界の新たな一面を見たように思った。かつての自分だったなら、娘になんと答えたろうか。

いじめられる子の痛みをわからせるために、ナナちゃんと戦って泣かせてこいと言ったかもしれない。いいことと悪いこと、いい人と悪い人、世界を単純な構図だけで眺めていたからだ。

「……イライラしたら意地悪していいわけじゃないけど……ナナちゃんも本当はダメってわかっているのにやっちゃって、ほんとうは悲しいのかもしれないね……うーん……えーっと」

具体的にはどうすればいいのだろうと考えながら、娘の両手を引き寄せた。

「たとえば桃香がお菓子をたくさん持っていたとするでしょ？　そうしたら」

と、十本の指を広げさせる。

「お友だちに分けてあげられる？」

「うん。あげるよ」

と、桃香は片手を閉じてまた開き、三本程度を清花に示した。

清花はその指を手で押さえ、人差し指だけ立たせて言った。

「じゃ、もしもこれしか持ってないのに、お友だちが欲しいと言ったら？」

桃香は両手を隠してしまった。不安そうな表情だ。

「そうよね、ママもあげられない。それは桃香の分だから」

娘はホッとした顔でこちらを見上げた。

「じゃ、桃香が、ずーっと、いつも、ひとつもお菓子を持っていなくて、でも、お友だちがたくさん持っているのを見たら？　ちょうだいって言える？」

桃香は深く考えてから、小さな声で、

「……言えない」

と、答えた。この子はそういう性格だ。欲しくても自分から言うことはない。

「そういうときはどんな気持ち？」

「かなしいきもち」

清花は娘の頭を撫《な》でて、抱き寄せた。

「ちょうだいって言えなくて、でも、悲しくて意地悪しちゃう子もいるかもしれない。だけど桃香が悲しそうなことに気がついて、お友だちがお菓子をくれたら、もう悲しくないでしょう？」

「かなしくない。ありがとうって言う」

清花は深く頷《うなず》いた。

「ママがいましているのは、そういうお仕事よ。しっかり調べて、悪い人が……うーん……上手《うま》く言えないなあ……」

ああ、子供に説明するのは難しい。そう考えていると、

「悪い人をいなくするお仕事？」

と、娘は訊いた。単純明快だと思った。

「そうよ。とても難しいけど、やっつけるより大切だなって気がついたのよ。ママは大人だけど、やっと気がついたの。ナナちゃんにもきっと理由があるんだなって」

透き通った目で、娘は自分の心を覗《のぞ》く。唇を結び合わせて幼い心で考えている。

数秒後、桃香は言った。

「……いいお仕事だね」

愛《いと》おしさで胸が潰《つぶ》れそうになる。出世街道をまっしぐらに突き進んでいた母親を、

この子は自慢に思っていたはず。それとも寂しさと折り合いをつけるために自慢を演じていたのだろうか。頬を寄せると子供の匂いに高級クリームの香りが混じっていた。さらさらの髪に手を置いて、清花は娘が眠るのを待った。幸せだった。

リビングからはバラエティ番組の音声と、義母たちが笑う声がしていた。


土井に言われたとおり、翌朝は本庁の資料検索室へ出勤した。検索用のパソコンがずらりと並んで、資料の棚があるほかは、空きスペースが物置になっている部屋だ。『お偉いさん』が来るときだけは整然と片付いているのだけれど、すぐにまた乱雑に戻ってしまう。古い記録のデータ化は職員が隙間時間に作業するため、本業が忙しくなると継続が難しく、次に作業に入るときのために片付けもせずに棚に置く。こうして部屋はたちまち雑然とするわけだ。

本庁には清花や土井のロッカーがない。荷物を持ったままノックをすると、

「どうぞ」

と、福子の声がした。ドアの隙間から覗き込むようにして顔を出すと、室内には煌々《こうこう》と明かりが点《つ》いて、壁際に並んだパソコンデスクに福子が座り、土井は折りたたみのテーブルを組み立てているところであった。

「おはようございます」

頭を下げて室内に入り、床に荷物を置いて組み立てを手伝った。

「千葉大の宗像先生と会ってきました。やっぱり紙の報告書はいいでしょとドヤ顔でしたよ。警察官にも律儀な人がいたのは驚きで、また何かあったらお願いしたいと……ていうか、丸山くんは？　まだですか？」

丸山勇の所在を訊《き》くと、

「生活安全局の仕事で遅れるそうだ。先週末に大久保《おおくぼ》公園で売春の一斉摘発があったらしくてね」

と、土井が言う。福子もモニターを見つめたままで、

「立ちんぼの子たち、最近では『大久保組』と呼ばれてるらしいわ。書類だけ出したら来るって言っていたけど……」

勇の籍は生活安全局にあり、彼はそこの駆け出し刑事だ。新宿《しんじゅく》区の大久保公園周辺は売春目的で立ちんぼをする素人が多く、未成年者も相当数いると言われている。生活安全局では定期的に一斉摘発を行って少女や少年たちを家庭に戻したり、福祉事業所や行政とつないだりしている。

「丸山くんはもともとそっちの刑事ですもんね」

「そうだけど、早めに来るとは思う」

テーブルを組み立てていると、土井の言葉通りに勇が来た。

ノックするなりドアを開け、

「お。清花さん、お久しぶりです」

と、白い歯を見せる。彼と出張したのは昨年末だし、『お久しぶり』というほど会っていないわけでもない。

「丸山くんが桃香にくれた昆虫図鑑、大のお気に入りになっているわよ」

ガチャンと言うまで脚を立てると、勇がテーブルをひっくり返すのを手伝ってくれた。その間に土井がパイプ椅子を運んできた。

「ドングリ虫のほかに気に入っているのは、チョウチョとテントウムシよ」

「えっ、そうなんですか？　なんの蝶《ちょう》？」

折りたたみ椅子をセットしながら勇は訊いたが、種類まではわからない。

「ただのチョウチョよ」

「えーっ、ただのチョウチョなんていませんよ、図鑑に名前が書いてあるのに」

「ドングリ虫の話に出てくるのが、いつもチョウチョとテントウムシなの」

「ドングリ虫の話があるの？」

ようやく振り返って福子も訊いた。授業で絵本を創った影響でオリジナルの物語に凝っているのだと説明すると、テーブル面を拭《ふ》きながら勇が言った。

「そういうことか……でも、絶対に蝶のイメージはあるはずですよ。モンシロチョウとかキチョウとかアゲハとか……ドングリ虫だって蛾とかゾウムシとか色々なんだし……桃ちゃんのドングリからは何が生まれてくるんですかね」

「ゾウムシでしょ？　そう言ったじゃない」

妙なモノが出てきたらどうしようと思う。

「ゾウムシにも種類があって、俺はハイイロチョッキリだと思ってますけど」

「鼻が長くて手足の細い、かわいいヤツよね、それってみんな……違うの？」

「まあ、そこそこそんな感じっすかね」

と、勇は笑い、

「グミ持ってきました？」

と、突然訊いた。

清花はいつもポケットにグミのケースを忍ばせている。仕事の士気を上げるアイテムなのだ。

「持ってるけど、おやつじゃないわ」

「わかってますって」

そう言いながらも手を広げ、何か載るのを待っている。

仕方がないのでケースを開けて、合計三粒ほど選ばせてあげた。

「いつも思うけど、それ、かわいいケースですよね」

色違いのグミを次から次へと口に入れ、勇はグミのケースを指した。

土井はグミの食感が苦手と言うので、飛ばして福子にケースを向ける。

「私も気になっていたけど、グミ専用ケースなの？」

「違います。バレンタインフェアで買ったチョコの缶です。一目惚《ひとめぼ》れして」

「チョコだったのね」

「崩し文字でわかりにくいけどCHOCOLATEって書いてあるのよ。私、缶とかビンとか大好きで」

「そうなんだ、清花ちゃんの好みを聞くの初めてかも……グミ以外では」

福子は優雅に小指を立てて、黄色いグミを一粒つまんだ。

自分は食べずに清花はケースをしまう。

「わあ、ミカンと思ったらマンゴーだった」

口を押さえて福子が言うので、

「コンビニの新入荷です」

と、答えると、

「え、マンゴーなんてあったんですか？」

勇が物欲しそうにこちらを向いた。

「ダメ、もうあげない」

体をよじってブロックしたとき、桃香との会話が頭をよぎった。これは虐《いじ》めじゃないからね。心で言い訳しながら、勇ではなく土井を見る。

「ところでボス。資料検索室へ来いだなんて、今日はどういう……？」

潜入捜査以外の時間、清花と土井は手分けして各署の捜査資料を当たっている。この班の基地はキャンカーなので、駐車場に停めた車の中で、専用のパソコンを使って、ひたすら記録を読み続けている。気になる事項に当たった場合は所轄署の保管室へ行って調べさせてもらうこともあるし、地方の図書館で過去の地方紙を探ることもある。

本庁の資料検索室へ呼び出されたのは初めてだ。

「キャンカーはＦＦヒーターの調子が悪かったですよね？　今季はまだヒーターが必要だから、書類を通して修理に出して……数日かかるから捜査本部が使えないというわけで、ここ」

テーブルと椅子が用意できると、土井は清花らに着席するようジェスチャーしてから、自分は立ったままで紙の資料をテーブルに載せた。

「あとは、ちょっとした報告があるので……だよね？　勇くん」

そして勇を促した。嬉《うれ》しそうにニコニコしている。

「えー……コホン」

勇は大げさに咳払《せきばら》いをして、隣の清花と、はす向かいの福子を順繰りに見た。

「清花さんが班に来て最初の潜入先だった牡鹿沼山村《おがぬまやま》から、女の子が一人、都内の高校へ進学を決めました。将来は心理カウンセラーになりたいそうです」

限界集落でもあるその村は、地域ぐるみで被虐待児童の保護と支援に当たっている。清花はそれがどの子か想像がついた。両親の虐待から救うため、祖父母が村に預けた少女だ。勇に続けて土井が言う。

「名前は大島奈津実《おおしまなつみ》ちゃん。今もお祖父《じい》ちゃんとお祖母《ばあ》ちゃんが陰ながら支援を続けているけど、特に父親との接触には過敏になっていてね。もしも実家に連れ戻されたら……」

再び虐待が始まることは容易に想像がついた。

「それで牡鹿沼山村の阿久津《あくつ》さんが連絡してきて、勇くんの生活安全局に話をつないだんだよ」

「俺のほうでは住居等を探す手伝いをしました。女の子だからセキュリティにも配慮して、学校指定の学生アパートに入居を決めて……ちなみに賃貸契約の保証人は祖父母ではなく土井班長です。万が一にもお祖父ちゃんたちの書面で居場所が特定されると危険ですから……それで相談なんですが」

と、勇は清花と福子の顔を見た。

「思春期の女子なので、色々と細かい相談は、俺や土井さんには言いにくいと思うんですよね。だから清花さんや万羽さんにもフォローしてもらえないかな、と」

「もちろんよ」

と、福子は答えた。

「具体的にはどうしたらいいの？」

清花も訊《たず》ねる。

「二人の連絡先を彼女に教えていいですか？　困ったときは電話してって」

視線に熱を込めて勇は言った。

「ぶっちゃけ不安だと思うんすよね。こっちで友だちができたとして、それが普通に育った子たちだったら、自分と比べて不安になったり孤独になったりすることもあると思うんですよ。東京には、そういう子たちのたまり場だってあるわけで、せっかく夢を持ってこっちへ来るのに、二度と危ない目に遭ったりさせたくないし……」

「喜んでフォローするわ」

と、福子は言った。

「私もよ。いつでも連絡してもらっていいわ」

勇は輝くような笑みを浮かべた。

「んじゃ、俺のほうで話しておきます。もちろん俺も土井さんも協力するんで、可能なら一度彼女と会ってもらえないですか」

「そうね。そのほうがきっと安心ね。その子に信用してもらえるといいけど」

「万羽さんは大丈夫じゃない？」

と、清花は笑った。

「見るからに優しそうだし」

（ヤマンバになるのもたまにだし）と、心の中で付け足した。

「さあ、それじゃ次の話だ」

土井はテーブルに載せた二冊の資料を開き、それぞれ死体の写真を出した。別々の勉強会で使われた凍死体の写真である。福子が土井を手伝って、よく見えるよう清花と勇の前へ押す。

「これがなにか？」

と、清花が訊《き》いた。いたましい写真である。

「よ〜く見て。気にならない？」

福子が問う。すると写真を覗《のぞ》き込んでいた勇が、

「二人とも首に痣《あざ》みたいなものがありますね」

と、言った。その部分を指して清花に見せる。

「ホントだ。なんの痕《あと》かしら」

「三本爪みたいだろ？」

土井が言うと、キョトンとした顔で、

「なんすか、サンボンヅメって」

と、勇が訊いた。

「あれ……勇くんは知らないですか？　農作業に使う小鍬《こくわ》で……ほら、土を掻《か》いたり雑草の根っこを切ったりするときに、こう……」

土井は親指と人差し指と中指を鉤《かぎ》型に立て、それでテーブルの表面をこすってみせた。清花も勇も首を傾げている。

「園芸や庭仕事に縁がないと、名前までは知らないのかも――」

と、福子も言った。

「――それはともかく、この痕が気になったのは、土井さんよりも私のほうなの。昨日、凍死体の診断に関する勉強会に出たんだけど……こっちの資料が昨日のものね、そっちは昨年遭難遺体の勉強会に出たときの資料で、こっちの――」

と、新しい方の写真を指して、

「――痣を見たとき既視感があって、なんの痕かと質問したら、キスマークのような、と講師は言ったの」

清花も勇も無言で福子の顔を見ている。続けて土井が、

「資料写真では個人を特定できないよう顔にボカシが入っている。そこで警察の記録を当たって詳しいデータを手に入れた。すると……」

土井は別途写真をテーブルに載せた。資料にあった写真は死亡時の状況を記録したものだが、そちらは検屍《けんし》写真なので全裸であった。

「あ」

と、清花が小さく唸《うな》る。二つの遺体はほぼ同じ部位に同様のマークがあるのだ。

「万羽さんに頼んで双方の写真の痣を重ねてみたんだ」

「なぜかピッタリ合ったのよ」

福子に続いて土井が言う。

「高齢男性のほうは北海道の釧路湿原で凍死した仙台《せんだい》市在住の唐洲寛《からすひろし》さん、享年六十五。もう一人は岩手のスキー場で凍死したさいたま市在住のスノーボーダーで、伊達《だて》拓也《あきなり》さん、享年四十三」

「時間も場所も違うところで発見された凍死体二体に同じ痣があったのよ。そっくり同じキスマークなんてあり得るかしら」

「万羽さんはね……」

と、土井は『十六人谷』という民話に触れた。

「ひい……」

と、勇は悲鳴を上げて、清花もわずかに顔をしかめた。

「あと、私も土井さんも『凍死』という部分が気になってるの。凍死は犯罪死が見逃されやすいから」

「と、言うわけで、念のために調べてみようと集まってもらった。ここならパソコンも五台ある。ただ、ここのパソコンは記録閲覧専用でネットにつながらないようになっているから、検索はそれぞれスマホでやってもらうとして」

「首に痣がある凍死体を探せばいいんですね？」

清花が訊くと、

「全国の警察署データを当たってね」

土井はニヤリと笑った。

「凍死自体はさほど多くないと思うんだ。変死の中でも『低体温症による死』もしくは『雪の事故』などと括《くく》ってあるから、項目を確認して調べて欲しい。やり方としては、北海道、東北、関東、中部、近畿《きんき》・中国、四国・九州に区切って手分けする。東北と北海道はそれなりに件数があるから、先《ま》ずは関東以南を四人で当たり、手が空いた者から東北、そして北海道を調べていく。出身地に近い場所のほうが感覚は摑《つか》みやすいと思うから、サーちゃんは中部を――」

土井は清花を『サーちゃん』と呼ぶ。潜入捜査では警察官の身分を隠すので、普段からそのように呼ぶと決めたのだ。潜入時に清花が土井を呼ぶときは『ヒトシ叔父《おじ》ちゃん』や『先生』など様々で、第三者がいない場所では『ボス』だ。

「――勇くんは近畿と中国を、万羽さんも中部出身だけど、件数が多い関東を担当してもらう。ぼくは四国・九州をザッと見て、それから東北を調べていくよ」

「年数はどこまで遡《さかのぼ》りますか？」

勇が訊くと土井は答えた。

「取りあえずは五年としよう。参考までに痣をプリントしたものがこれだ」

土井は警察記録からチョイスした二名の写真をそれぞれに配り、清花らはパソコンの前に移動した。五台のパソコンは壁際に横一列に並んでいるため、全員が同じ方を向く。入口に近い場所に清花が、隣に勇が、そして福子と土井が座り、それぞれモニターとにらめっこをする。

清花が担当する中部地方は、新潟、富山、長野、山梨、石川、岐阜、愛知、静岡、福井と九県だ。この地方は日本アルプスが連なっているため登山者が多いし、豪雪地帯を含むのでウインタースポーツも盛んだ。当然ながら遭難事故も凍死も多い。

手始めに一県ずつ凍死者の記録を拾い出していくことにした。

作業を始めてすぐに、清花は凍死事案の多さに驚いた。ここ数年は温暖化の影響で熱中症による死者数が急増したと感じていたが、凍死者の数はそれを上回っているようだった。熱中症は屋内にいても発症するが、凍死は寒くなければ起こらない。当然ながら暖を取れない屋外で起きる事例だと思っていたのに、そうでもなかった。

閲覧記録を検索するためのパソコンはその他の機能が搭載されていない。そのため清花らはノートなどを脇に置き、気になる案件とコード番号をメモに取り、必要があればプリントアウトするという地味な手法を用いることにした。結局のところ、データ漏洩《ろうえい》を止めようとすればアナログに戻るのだ。

新潟県内を最初に調べた。この冬から始めて、昨年、一昨年《おととし》と遡っていく。この県で圧倒的に多い事例は積雪による凍死であった。それも山中の雪崩ではなく、除雪作業中に屋根から落ちた雪に埋まるなど、生活圏で起きる事故が多かった。

雪が一切を覆い隠してしまう豪雪地では、側溝や穴などに気付くことなく落下して、身動きがとれずに凍死してしまうこともある。隣人の姿が見えないことを不審に思った近所の人が雪山を崩して死体を掘り出したなんて事例もあった。

首の痣を確認するため、どんな遺体写真も余さずに見る。

新潟県では、二〇二一年度に雪の被害で亡くなった人の総数は二百人程度で、うち百名ほどが除雪作業中に死亡していた。雪かきという過酷な運動で心疾患を引き起こし、死亡した事例も多かった。雪で車内に閉じ込められて積雪がマフラーを塞《ふさ》ぎ、一酸化炭素が車内に逆流、中毒で死亡した例も複数あった。

凍った人体を見ていると、福子でなくとも雪女の話が脳裏をよぎる。あれはきっと凍死体を見た人が生み出した物語なのだ。だって理解ができないもの。凍死者は冷たい雪に全身を預け、諦《あきら》めたような、眠るような表情を浮かべている。そこに死の恐怖は感じられなくて、魔物に魂を抜かれたかのような死に顔だ。美女の口づけで舌を抜かれる木こりよろしく、凍死間際に脳が見せる幻は天国だとでもいうのだろうか。

マウスをクリックする音だけが室内に響いてしばし。清花は新潟県を調べ終わって、富山県の調査に入った。亡くなった方々一人一人に心で手を合わせながらも、若い人ではなくお年寄りの死者が多いことに納得する。

清花は母の実家が長野にあるので、雪かきや雪下ろしの苦労を知っている。あれをお年寄りがやるのは無理だ。けれど若者が都会へ出て行く過疎地では、やらなければ雪の重さで家が潰《つぶ》れる。過疎地では特に、雪による死亡事故の半分程度が作業中の心疾患による突然死であった。

「そろそろ昼休憩にしようか」

並びの机で土井が言う。

時刻は正午少し前。誰も弁当を持って来ていなかったので、四人で庁舎の食堂へ向かった。安くて盛りがよく、味はそれなりの店である。

土井はコロッケ定食を、福子は明太子《めんたいこ》パスタを、勇はカツカレーを、清花はサンドイッチとコーヒーを注文した。通信官の福子は現地調査に出ないので、四人で顔をつきあわせて食事するのは初めてだ。

清花が以前在籍していた刑事部屋では、仕事終わりに一杯やりに行くこともあったが、班長の清花が家庭を理由に退席してからが『飲み』の本番だったと思う。部下たちは自分への不満を肴《さかな》に盛り上がる。当時はそういうものだと割り切っていたが、今では思い出すたびチクリと胸に痛みを感じる。刑事ならどの班も同様だと、今の清花は思わない。部下にそうさせていたのは自分だったと知ったから。

対面でコロッケ定食を食べようとしている土井を見た。もしも土井が自分の班を率いていたなら、士気はもっと上がったはずだ。ギスギスした空気もなくて、それぞれが思ったことを遠慮なく発言できただろう。部下から学ぶことは多かったはずなのに、自分は彼らを『管理』した。それが職務と信じていたから。

信じる世界が狭かった……と、清花は心で自分に言った。自分は班のナナちゃんだ。さえない風貌《ふうぼう》でボサボサ頭、無精髭《ぶしょうひげ》を生やした土井の横には、福々しい顔で清楚《せいそ》で身ぎれい、怒れば最強の福子がいる。隣で強烈なカレーの匂いを漂わせているのは自称令和のお祭り男だ。チグハグだけど、ほんとうに、いいチームだと清花は思う。彼らとは価値観を共有できる。

いただきます、と誰かが言って、一同はそれぞれ頭を下げた。勇はさっそくカツをカレーに沈めているし、福子は優雅に小指を立てて、スプーンの上でパスタを巻いている。土井はと言えば、コロッケにソースをかけるか醬油《しょうゆ》をかけるか迷っている。清花は卵サンドを口に入れ、コーヒーを持って、笑ってしまった。

「え。なんすか？　サンドイッチそんなに旨《うま》いすか？」

口をモゴモゴさせて勇が訊《き》いた。

「旨い？　どうして？」

「パン喰《く》って幸せそうに笑ってるから」

と、物欲しげに卵サンドを覗《のぞ》きこむ。

「そうじゃなく、このメンバーよ……よくもまあ返町《そりまち》課長が集めたなって」

返町課長は清花の元上官で、班を立ち上げた主要メンバーだ。

「返町は優秀だからね」

コロッケふたつにそれぞれソースと醬油をかけて土井が言う。小鉢の厚焼き卵を食べてから、味噌《みそ》汁《しる》をすすってごはんに移る。とてもきれいな『三角食べ』だ。妻を亡くして独身の土井にはパンやインスタント麵《めん》ばかり食べているイメージがあって、普通の食事をしている姿を見るとホッとする。

「ほんと、私たち、何を基準に集められたのかしらね？　臑《すね》に傷持つ身だというなら、ほかにも大勢いると思うし」

福子がまとめるパスタの量は、計ったように一口に収まる。これも才能だと清花は思う。この人、なんで独身なんだろう？

「四人とも独身だからじゃないっすか」

勇はサラリと言うけれど、出向が決まった時点で清花は離婚していなかった。まあ、返町ならばそれも見越していたのかもしれないが。

「返町は本質を見抜く達人だからね。あれも一種の才能だ。そう思いませんか？」

ギョロ目をグルンと清花に回して土井が訊く。それがどんな才能なのか、清花にはわからない。だから曖昧《あいまい》に首を傾げてごまかした。

「ところで怪しい死体は見つかったかい？」

茶碗《ちゃわん》と箸《はし》を一時も放さずに土井が訊く。

「関東は今のところナシ」

と、福子が答えた。

「都心部は五年遡っても百件に満たない程度なの。死亡者はほとんど男性で、酩酊《めいてい》状態で屋外にいたことが原因の凍死が多かった」

「地域差があるのね。新潟は除雪作業中の事故が主で、凍死もあるけど心疾患も多い」

「四国・九州地方でも低体温症による死亡はあった。件数は少なくて、痣《あざ》を持つご遺体はナシだ。午後から東北に移れると思う」

「大阪は……」

カレーをほぼ平らげて、残った分をスプーンで寄せながら勇が言った。

「圧倒的に屋内の死亡が多いです。貧困が低体温症に結びつくケースですね。あと、わりと多いのが事件と事故の中間みたいなヤツです」

「事件と事故の中間って？」

福子が訊くと、勇は声を低くして、

「介護放棄でトイレの世話をしてもらえずに布団の中で凍死した、なんて事案がありました。ヒキコモリで外部との接触もなく、親の年金に頼って生きてきた子供は、そういうときにSOSを発信できないんでしょうね……生活安全局としては、やりきれないというか、なんていうか」

「……そうね」

と、福子は小さく言った。

「痣は？」

清花が訊《たず》ねると、

「今のところ見つかってないです」

と、勇は答えた。

「あと、ほかに多いのが、暖房費がなくて凍死したって事案です。これもまた都会の闇を感じますよね」

コップの水を飲み干すと、食堂内を見渡して言う。

「なんか俺……大阪を調べていたら、とおーい昔の記憶が蘇《よみがえ》ってきたっていうか」

土井が上目遣いに勇を見ると、視線に気付いて勇は笑った。

「俺の祭り好きは父の影響ですけども、鮮明な記憶が『燃える舟』です。なんの祭りかまったく覚えていなくって、ずっと気にかかってるんです。調べたりもしたけど、わからない。盛岡《もりおか》に『舟っこ流し』って祭事があって、それ用に作った舟を北上川《きたかみ》に流して燃やすんですけど、人は乗っていないんですよ」

「そりゃそうだよ。人が乗った舟に火を点《つ》けるなんて、危険過ぎてやらないよ」

「そうっすよねー……でも、俺の記憶にあるのは、法被を着た人たちが大勢舟に乗っていて、それが燃えてるヤツなんですよね……まあ、記憶って嘘つきだからなあ」

「何歳頃の記憶なの？」

清花が訊くと、勇は首を傾げながら、

「三歳くらいですかねえ。オヤジといた頃だから」

「……子供って、大人には思いも寄らない不思議なことを言ったりするわよ。それってたぶんアルバムで見た写真とか、大人が話した過去のことなんかを自分の記憶に置き換えているんじゃないかと思う。うちの桃香も、自分が生まれる前の話題に口を挟んでくることがあって、『まだ生まれてないよ』と話しても、『でも知ってるもん』って平気で言うのよ。『桃ちゃんがママのお腹にいた頃よ』ってバアバが言ったら、『おへその穴から見てたもん』って」

「天才だぁ〜」

と、土井が笑った。

食堂が混んで来たので席を立ち、それぞれ午後の飲み物を買って資料検索室に戻った。現行の事件に追われる捜査員らが過去の事件を調べ直すことはほぼなくて、部屋は貸し切り状態だ。清花らは再び席に着き、沈黙の記録巡りが始まった。

富山県の凍死案件について調べているとき、大きく前のめりになる勇の姿が目の端に映った。最初は気にも留めなかったが、勇はそのまましばらく動かず、やがてプリンターが動き始めた。

「もしかして、見つかった？」

検索を続けながら訊くと、勇は手早く紙を折り、ズボンの尻《しり》ポケットに突っ込んだ。

「いえ……間違いでした」

清花は顔を上げた。返答の仕方が勇らしくない気がしたからだ。

勇はそそくさと席に戻って仕事の続きを始めている。向こう側の席から福子がやはり勇を見ていて、目が合った。しかし勇は真っ直ぐモニターを睨《にら》んだままだ。

カチカチカチ……心なしかクリックのスピードが上がった気がする。キーを叩《たた》く速さも、だ。令和のお祭り男は無表情でモニターを見ているが、清花は彼の心が半分どこかへ飛んで行ったと感じた。無表情なら無表情なりに、勇はいつも明るいオーラを纏《まと》っている。それがまったく消えてしまった。

横並び一列の席は相応に間隔が空いていて、他者のモニターに表示されているものは見えない。福子に倣って清花も仕事に戻ったが、その後は一度も、誰もプリンターを動かさなかった。

午後三時の休憩時間になると、真っ先に勇が部屋を出ていった。続いて土井も部屋を出て、清花と福子もトイレに立った。部屋に戻ってしばらくすると、土井がコンビニで四個入りのチーズスフレを買ってきた。折りたたみテーブルで菓子を食べ、一息ついてもまだ勇が戻らないので、

「若いのに便秘かな？」

と、土井がつぶやき、福子に激しく叱られた。

勇の分をテーブルに残して再び仕事を始めたころ、ようやく勇が戻ってきた。大盛りカツカレーを平らげて便秘もないものだと清花は思ったが、顔色が悪かったので心

配になってきた。お菓子があるわよ、と言うより早く、勇は土井の前に行き、

「すみません。俺、明日から有休を消化します」

と、いきなり言った。

連絡係の勇は生活安全局に籍があり、有休届の提出先は土井ではないが、

「どうした？」

土井は勇のほうへ椅子を回して訊《き》いた。

清花も福子も作業をやめて勇を見たが、勇は理由を告げることなく、

「一身上の都合です」

とだけ、答えた。いつもとは打って変わって頑《かたく》なな表情をしている。

清花は（いきなりどうしたの？）と、訊きそうになったが、それより早く土井がボサボサの髪を小指の先で掻《か》きながら、

「オッケー、わかった」

ごくフラットに返答をした。

「ありがとうございます」

勇は土井に一礼し、席に戻って作業を開始した。

声をかけにくい雰囲気をバリバリ出してバリアを張っている。清花も福子もしばらく彼を見ていたが、なにも訊かずに仕事に戻った。建国記念の祭日を含めれば相応に

長い休みがとれそうだけど、勇に楽しげな気配は微塵《みじん》もない。定時まで調査して、勇は先に部屋を出た。

「お疲れ様」

と言いながら、清花らは彼を見送った。勇が去ってドアが閉まると、

「あれなに？　いったいどうしたの？」

ついに清花がそう訊いた。

福子は勇がいた席に移動して、彼がプリントしたファイルを呼び出している。

首に痣のある凍死体ではなかった。

「ミスプリだと言っていたけど、違うわよね？」

清花の問いに、土井もモニターを覗《のぞ》き込み、痛ましい遺体の写真を見つめた。

それは五年前の冬、二畳しかない部屋で凍死した男性の写真だった。通報者は大家で、死亡者の年齢は不明とあった。名前の欄も『あっさん』で、フルネームは書かれていなかった。アパートは共同トイレ以外の設備がなくて、元々の部屋を分割して寝床だけを確保した造りであった。大家は日割りで部屋を提供し、金さえ払えば契約書を交わす必要もない。男性はこの部屋に数年間も住み続けていたようだ。

「痣はないわ」

清花は見ればわかることを口に出す。

「肌がどす黒いわね……ガンや肝硬変だったのかもね」

画像を見ながら福子も言った。

男性は左の鼻にジグソーパズルのピースのような痣《あざ》があり、左手首にはリストカットの痕《あと》もある。こうした身体的特徴は身元の確認に役立つので、写真と共に記録に残されている。年齢は六十代くらいに見えるけれども、栄養状態が悪いためで実際はもっと若いのかもしれない。検視報告書では五十代半ばから六十代前半くらいとなっている。二畳の居室に残されたものは、壁一面に掛けられた衣類と煎餅《せんべい》布団、雑誌に新聞に食べ物のゴミ。特筆事項としてあったのが外れ馬券や競輪のチケット、パチンコの景品などだ。見知らぬ男性ではあるけれど、記録を読めばその生き様が想像できる。

「生活安全局で丸山くんが追ってる事件の被疑者とか？」

でも、それなら有休を取る必要はない。

土井は大きな両目をショボショボさせて、

「さあ」

と、答えただけだった。

第三章　心霊スポット

三つの痣を持つ第三の凍死体が見つかったのは、翌日午後のことだった。

東北地方を調べ始めた土井が福島県警郡山《こおりやま》警察署の事案として発見したもので、二年前の冬、四十八歳の女性が公園で凍死していた。この案件は女性がアルコールを飲んで酩酊《めいてい》していたため事故死として処理されていた。

「うわ……ほんとうに三体目が出ちゃったよ」

土井のつぶやきから微《かす》かな興奮が伝わって、清花も福子も席を立ち、彼のモニターを覗きに行った。探していた三つの痣と近い記《しるし》が耳の下に残されている。土井は写真をプリントアウトして、二件の写真と並べてテーブルに置いた。痣は丸さといい、間隔といい、そっくりだ。清花は死者のデータを確認した。

「宮藤公子《くどうまさこ》、郡山市在住。整体店の経営者……夜間に公園で眠って死亡」

スマホで現場をサーチしてみると、郡山駅の周辺に点在する公園のひとつだとわかった。奇妙な形状の溜《た》め池を中心に緑地帯が整備され、桜の名所でもあるらしい。木々の合間に遊歩道が通る静かな公園というイメージで、誰かが窪《くぼ》地《ち》に横たわっていても人目につきにくい立地ではある。

さらに検索していると、思わぬ情報がヒットした。

「ここ……自殺者が多い公園みたい」

「心霊スポットにも登録されてる——」

隣で福子がそう言った。

「——池が浅いのに溺《でき》死《し》者が出たり、幽霊の目撃情報も複数……」

「や～、め～、て～」

と、土井が変な声を出す。

「土井さんこそやめてよ、わざと怖そうな声出すの」

「そうですよ。丸山くんが不在のときに妙な声出されるとゾッとするから」

福子と清花が次々に言うと、土井は肩越しに振り返り、

「わざとじゃないよ」

と、情けなさそうに眉尻《まゆじり》を下げた。

「郡山署の記録を読んでるときに、万羽さんが心霊スポットなんて言うからだよ」

土井は調書を指さした。

「ここ、調書に『幽霊』の目撃談があるんだよ……」

それは公園を見下ろす位置に建つマンション住人の証言だった。

――騒ぎやトラブルの声、騒音などは聞いてないです。へんな歌声は聞きましたけど……――

当夜は雪が舞っていたという。

女性の死亡推定時刻は午前一時少し前だが、公園近くの住宅地にあった防犯カメラは前夜十一時過ぎに一人で歩く女性の姿を捉《とら》えていた。遺体発見はその翌朝で、午前七時少し前に犬の散歩をしていた人が木の根元にもたれかかっている女性を発見、通報したとある。発見時、女性の体には二センチ程度の積雪があり、周囲には発見者の足跡だけが残されていた。先ほどと同じ住人の証言が要約せずに記載してある。

――寒くてもタバコはベランダでしか吸えないんです。正面が池で、なまじ街灯があるからそれ以外が見えにくいですが、あの夜は雪が降っていたので空がぼんやり明るくて、池も白く見えていました――

その人物がベランダにタバコを吸いに出たのは深夜零時ころという。就寝前のトイレついでに雪を見ながら一服しようと思ったらしい。

――そうしたら、誰かが歌を歌ってたんです。夜なのに気持ち悪いなと思って見下ろしてたら、怪しい人影と言っていいのかどうか……白くてヒラヒラしたものが公園に……こう……シーツのオバケみたいな……というか――

初めは、そこだけに雪が積もったのかと思ったそうだ。

――雪じゃなかったです。体を乗り出したんですが、手前の木が邪魔になってよく見えない。で、タバコを吸って……歌ですか？　そのときはどうだったかな。寒いし、吸い終わって部屋に入ろうとしたとき、ヒラヒラが立ち上がったように思えたんですよ。印象では幽霊かなと……それか雪女……いや、まさかね。ただ、あの公園は『出る』って噂があるもので。今にして思うと、見た場所もちょうど女性の死体があったへんです――

「幽霊か雪女？――」

と、福子が訊《き》いた。

「――それか、死体から魂が抜け出すところを見たのかしら」

「え、そういうこと？」

と、清花も言った。土井だけが冷静に記録について喋《しゃべ》っている。

「証言者は、幽霊ならば撮影しようと慌ててスマホを取りに行く。その間に白い影は消えてしまったそうだ。警察はむしろ死亡者に連れがいたことを疑ったが、そういう人物は見つからなかった」

清花や福子と視線を交わす。幽霊を信じるわけではないものの、ならば証言者は何を見たのか。土井が言う。

「消極的な自殺……という言葉があるのかどうか知らないけどさ、この女性は大量に飲酒して公園にいた。『死ぬかもしれないし、死なないかもしれない』という程度の認識で屋外にいたということもあり得るのかなあ」

「ヤケを起こしていたと思うの？　お酒を飲んで屋外で寝る」

福子が訊いた。

「経営する整体店は資金繰りがよくなかったみたいなんだよ」

「それじゃ結局、幽霊は何だったたってことになるの？」

清花が訊くと、

「わからない」

と、土井は答えた。

「証言者が見たのが何か、調べようがないからね。ともかく、同じ記《しるし》を持つ凍死者が三人見つかった。もしもそれが『キスマークのような』ものだとすれば、ともに死亡から遠くない間についたってことだね。今のところ共通点はマークと死に方だけだけど、背景を調べたら、さらに共通項が出るかもしれない」

「そうなれば連続死事件の可能性が出てくるわ。幽霊がいるとは思わないけど、雪女ならいるかもね」

冗談交じりに清花が言うと、土井はテーブルに広げた三人分の資料をまとめて、

「この件を調査する」

と、宣言した。

「万羽さんがレクチャーを受けた法医学者は、旭川総合医療大学だっけ？」

「そうよ。鷲水怜子《わしみずれいこ》先生という」

「現状把握している三名は、それぞれ北海道、福島……あと、スキー場が岩手だっけ？　全員が東北以北で死んでいるね」

「そうですね。中部地方に痣《あざ》を持つ死者はいませんでしたし」

清花の報告に福子が重ねた。

「岩手のスキー場で死んだ男性は北上警察署に記録があったわ。遭難事故は三年前、場所は岩手の夏油《げとう》高原スキー場。これが記録のプリントよ」

自分のデスク脇から資料を出して清花に渡した。隣に来て土井も覗《のぞ》き込む。

死亡者が伊達拓也、四十三歳ということはわかっていたが、複数枚にわたる警察署の記録には、株式会社ペインタと勤務先が記載されていた。パラパラとめくりながら、清花は記録に目を通し、土井に向かって読み上げた。

「伊達氏は当日、仲間と六人でスキー場に来てホテルに宿泊。六名のうち二名がバックカントリーを趣味にしていたようです。日中の滑走はスキー場内で。午後に吹雪《ふぶ》い

てきたので引き上げることにしましたが、伊達氏は『もう一本滑ってくる』と仲間と別れ、その後、夕食の席に現れなかったことから十九時半にホテルが警察署に通報しています。二十二時まで営業予定だったナイターも、この夜は荒天のため二十時三十分で終了している。遺体発見は翌昼過ぎで、滑走禁止区域で新雪に埋もれた状態で見つかった。外傷はなく……」

死因は凍死、と清花は言った。

「ちょっと待って」

横から手を伸ばしてきたのは土井だ。

プリントを取り上げると、清花が読みあげたページよりも後ろを開いた。

「どうしたの？」

と、福子が訊いた。土井はゆっくり顔を上げ、清花と福子を交互に見つめた。

「胡乱《うろん》な文字が目に入ってさ……ここに仲間の証言があるんだよ。ほら、ここだ」

土井が指した箇所には『雪女』という文字がある。

「六人は会社の同僚だった。伊達氏が戻ってこなかったので、女性陣がホテルのフロントに連絡し、男性二人はリフトで上まで捜しに行った。で、ここ」

土井が示したのはリフトを降りた直後についての証言だ。

――伊達のことだからバックカントリーに入り込んだと思っていました。そうならシュプールを見つけて捜せばいいと――

「規制線の近くまで行ったが吹雪が激しくなって目を開けていられないほどだった。でも、下方から『上がってくる』人を見た……ここだよ」

土井はその部分を読み上げた。

「雪女みたいに白くて長い髪の女でした」

「……ちょっと待ってよ」

と、清花が唸《うな》った。構わず土井は先を続ける。

「スキーウエアでもスノボウエアでもなく、ヒラヒラした服を着てました。滑走禁止ロープの向こう側に立ってこっちを見ていた」

その光景が、なぜだか鮮明に頭に浮かんだ。視界を塞《ふさ》ぐほどの雪嵐のなか、闇に立ちすくむ白い女の映像だ。暖かな室内にいながら、清花は体が凍える気がした。

「一緒にいた友人も『見た』と証言しているわ」

プリントを覗き込んで福子が言うと、土井は二人が見やすいようにテーブルの上に資料を広げ、大真面目な顔で、

「こ～、わ～、い～」

と、言った。ホチキスで綴《と》じられた資料をバラして地図を出し、それを指してさらに言う。

「遺体の発見場所に×印がしてあるけど……リフトからさほど離れているわけでもないし、スノーボードで滑り降りたとするのなら、ちょっと微妙な距離ではあるよね。ちょっと……いや、かなり微妙で気になりませんか？　郡山で女性が死亡した現場でも、白い何かを目撃したと近所の人が言ってるわけで」

「やめてよボス。うちは妖怪《ようかい》捜査班じゃないのよ」

清花は証言者のプリントを引っ張り出して地図に載せた。

——女との距離は十メートルくらいだったと思います。ホワイトアウトしてまた見ると、もういなかった。下から来たなら様子を聞こうと思ったんですが……あれって本当に人間だったのか……いや、忘れてください。気のせいです——

「郡山の公園で証言者が見たのが死者から抜けた魂ならば、男性の遭難場所で目撃されたのも男でないとおかしいよね？　そう思いませんか？」

「言い方。まさか万羽さんが言ったみたいに霊魂と思っていたわけですか？」

土井は、そうだとも違うとも言わなかった。

「それともまさかホントに雪女を疑っている？」

福子も訊いたが、土井は曖昧《あいまい》に首を傾げて、しばらく考えてから言った。

「長年刑事をやってると……頭から否定しようとは思えなくなってきますよね？　かといって、幽霊や物の怪《け》が人を殺すと言うのなら、刑事じゃ太刀打ちできないし……

だからここはあくまでも、合理的要因を探すべきだとは思う……うん。そうそう。雪女は『雪女郎』とも呼ばれるわけで」

当然だ。幽霊やバケモノが人を殺すわけがない。っていうか、実在するわけがない。

「人間だって言いたいんですね？」

清花が訊《き》くと、

「山形だったかしら、東北の一部ではそう呼ぶみたいね、雪女郎って――」

と、福子が言った。

「――一説には、家の主《あるじ》が真冬に屋敷へ呼び込んだ商売女を『雪女』と呼んでごまかしたとか、そういう話なら聞いたことがあるわ」

「いじましくも生々しいわね」

清花は苦笑し、それならたしかにあり得ると思った。

「娘の本にも雪女の話があるけど、大人の事情は知らないほうがロマンチックね」

福子は人差し指をピンと立て、ドヤ顔を見せてこう言った。

「雪女の話は色々あるわ。助けた男と夫婦になるというパターンのほかにも、お風呂《ふろ》に入れたら溶けちゃったとか、小判を残して消えたとか、老夫婦の娘になって春まで一緒に暮らしたとか」

「人間の話だと、遊郭で五節句に遊女が白無垢《しろむく》を着たのを雪女郎と呼んだというのがあるね。物日は遊女が必ず客を取らなきゃならないし、揚げ代も高かったから、あれこれと趣向を凝らして客を呼んだということだろう。万羽さんが言うように、家々を回って体を売る女性を引きこんだのを『雪女だ』とごまかしたという説もあれば、凍死した女の霊だとか……花魁《おいらん》が死ぬと雪女になると書いたのは、永井荷風《ながいかふう》だったかな」

「つまり、ボスは目撃された雪女が人間だったと思うんですね？」

眉間《みけん》に縦皺《たてじわ》を刻んで再び確認すると、土井はパッと顔を上げて福子を見た。

「うちは逮捕しないから幽霊でもいいんだけどさ、事実関係を曖昧にしておくというのはマズいよね。だから、とにかく調べに行こうじゃないか。旭川なら飛行機が出ているし、二時間程度で現着できる」

それを聞くと福子も眉間に皺を刻んだ。

「前日予約は割引率が低いけど……まあ……」

「『捜査本部』はオーバーホール中だしね、ここはサクッと飛行機で――」

土井は福子の瞳《ひとみ》を覗き込むようにして、

「――ただし、旭川総合医療大学で欲しい情報が手に入らなければ、釧路湿原のホテルへ移動するよ。所轄署は解決した事案を掘り起こされたくないだろうから、身分を隠して所轄署へ行く可能性だってあるし、現地を見たり……細かく移動するならレンタカーだね。最低でも一泊しないと無理だと思いますよ」

福子は大きなため息を吐いた。

「班長は土井さんだから好きにすればいいけど、成果がゼロで『お偉いさん』からツッコミが来たら、班長の指示でしたって言うからね」

「それでけっこう」

土井はニコリと微笑んで、大きな目を清花に向けた。

「そういうわけだから、サーちゃん、帰って準備してもらって、羽田《はねだ》空港のロビーで待ち合わせよう。チケットが手配できたらメールする。朝早くの便を探すよ」

福子も清花の顔を見て、呆《あき》れたように首をすくめた。


翌早朝。清花と土井は午前七時台の便で羽田空港から北海道へ飛んだ。東京に残る福子は、東北から北海道にわたる凍死体チェックを一人で進めておくと言う。三体の痣《あざ》の写真を関連部署に送って見てもらい、感想を募ってみるとも言っていたようだが、担当部署の熱量はかなり低いことだろう。

一時間半のフライトを経て到着した旭川空港は、雄大な青空の下に雪山が連なって、周囲はどこまでも白とグレーの雪原だった。都会ではこれほど広大な平地を見ることがないので、それだけで北海道に来たと実感する。機内ではまったく寒さを感じなかったが、乗客らが身につけて飛行機を降りる防寒着はモコモコのダウンで、しかもフードが付いていて、顔を覆うマフラーまで用意している人が多かった。東京の二月は梅が咲くのに、ロビーから見えるのは一面の銀世界。デジタル表示された外気温はマイナス十二度で、日中の予想最高気温は三度であった。

「さすがは北海道。まだ完全な冬ですね」

荷物はほとんど持ってきていない。カバン一つを肩に掛けて清花は言った。持っている服の中で一番暖かそうなものを着てきたが、ほかの乗客たちの装備には遠く及ばない。そもそもみんなスノーブーツを履いているが、清花のそれはただのブーツだ。都内で着ていた防寒着など、ここでは春先の装いだ。

「移動は車でしたよね」

土井に訊《たず》ねると、

「レンタカーを借りるよ」

と言うのでホッとした。足でも稼ぐと言われたら、それこそ凍死してしまう。そもそも予定が決まっていない。何を調べるかすら雲を掴《つか》むような状況なのだ。

到着ロビーの案内カウンターで受付をしてレンタカーを借りた。空港から旭川総合医療大学までは車で三十分程度の距離らしい。外に出たとたんに空気が肌を刺してきて、鼻毛が凍るほど寒い。なるほど、みんなマフラーをしていたわけだ。

「さっむっいっ……ていうか痛い！」

身を縮ませて清花が言うと、

「風邪引かないようにしないとね」

と、土井が笑った。

痩《や》せ型で脂肪もないのに寒くないのか、いつも通り飄々《ひょうひょう》と車のロックを解除している。清花はカバンを持って来たが、土井はセカンドバッグ一つという軽装だ。日頃はカタツムリよろしくキャンカーという家を背負って移動しているが、それがなくても荷物を持たない主義らしい。

カバンを後部座席に放り込み、バンパーに霜が張り付いた車に乗った。こういう場所のサービスなのか、偶然なのか、暖機されていて車内が暖かい。助かった。

土井がカーナビをセットする間に今の時間を確認すると、午前九時半を過ぎたところだ。旭川総合医療大学の先生には福子がアポを取ってくれたので、時間的にもちょうどいい。ポケットからグミのケースを出してメロン味を一粒口に入れると、清花はシートベルトを締めながら桃香のことを考えた。今日はナナちゃんに意地悪されないといいけれど。

「さて。じゃあ、出発するよ」

　土井はそう言ってから車を出した。

　除雪されてはいるものの凍った道路を走り出したとき、運転席との距離の近さに驚いた。考えてみれば土井とはキャンカーで移動するばかりだったから、座席の近さが新鮮だ。振り向く土井の大きな目玉がよく見える。

「先方にはどう言ってあるんです？」

　訊くと土井は、

「普通」

　と答えた。

「万羽さんがぼくらに先生を紹介したことになっている。凍死について詳しく知りたいと伝えてもらった」

「わかりました」

　と、清花は答えた。

「じゃ、身分は警察官でいいわけですね？」

「そうね。あとは臨機応変に」

　いつもの軽い感じで頷《うなず》く。空港周辺には建物がほとんどなくて、どこまでも真っ直ぐな道路の先に旭川市街地がある。

「ここって、人気の旭山《あさひやま》動物園があるところですよね」

「旭川だからね」

交差点も信号もない道では、空港へ向かう車と出て行く車が行き交っている。

「そうか……飛行機を使えば近いのか……夏休みに桃香を連れてこようかな」

「いいと思うよ。動物園は敷地がかなり広いから、一日遊べるんじゃないのかな」

そう言う土井は子供二人の父親だ。どちらもすでに成人したそうだが、奥さんを亡くしたあと、彼は第一線を退いて子育てに専念できる部署に異動した。警視庁捜査一課の敏腕指揮官だったのに、キャリアも出世も捨てて兼業主夫になり、二人の子供を育て上げたのだ。以前の私なら、と、清花は思う。事件をうっちゃって現場を離れた刑事など認めることはなかっただろう。それなのに、そんな男が今は上司だ。

「え、なに？」

今度はコーラ味のグミをつまんで答えた。

「別に、なんでもありません。ボスも子供を動物園に連れてったのかなと」

「連れて行ったよ、上野《うえの》動物園には……パンダを見せた」

子供らに両手を引かれて右往左往している土井の姿が頭に浮かんだ。そのときもきっと、今のように情けない顔で笑っていたことだろう。

窓の外では雪原に日が差し始めて、星の粉を撒《ま》いたかのように空気がキラキラ輝いていた。

車の通る場所のみ除雪された広い敷地に、巨大で白い建物がそびえている。その白さは青空に映え、雪の白と建物の白というシンプルな組み合わせが一種独特の威圧感を醸し出していた。

建物は旭川総合医療大学が運営する病院で、大学はその裏側にあるという。

病院の裏まで車を進めて、大学の駐車場に車を停めた。あとは凍った雪道をおっかなびっくり歩いて、大学の建物を目指して行く。ブーツを履いても都会の雪とは勝手が違い、これは本当に大変なことだと清花は思う。ガリガリに凍り付いていて、迂闊《うかつ》に足を踏み出すと滑って転びそうになるからだ。土井はと言えばブーツでもなく、いつもと同じスニーカーなのに、両手をポケットに入れたまま、ひょいひょいという感じで先を行く。まったく、どういう人物なのかと思う。

管理棟の受付で用件を告げ、法医学者の鷲水怜子が現れるのをロビーで待った。

大学の建物内部はシンプルかつ洗練されて、病院を思わせるコーディネートだ。白い壁に木調のアクセント、ソファやベンチも茶系統の色合いで、ロビーに置かれたモニュメントは木製だ。天井が高く、渡り廊下が通っている。窓の外は白一色で、寒くはないが雪の匂いがするようだ。

「お待たせしました。鷲水です」

ややあって、おかっぱ頭の小柄な女性が白衣にサンダル履きで現れた。

事前に調べて年齢が五十代であるのはわかっていたが、若々しいというより幼い感じがする女性であった。

「お忙しいところ申し訳ありません」

土井は深くお辞儀して、自分の名刺を差し出した。清花の名刺は求めずに、

「こちらは部下の鳴瀬《なるせ》くんです」

と、紹介する。

「鳴瀬です」

相手は名刺を受け取って頭を下げると、自分の名刺は渡すことなく会釈して、ロビーのテーブルへ二人を誘った。着席を促してから斜め向かいの椅子を引き、

「凍死体のことでお話があると聞きましたが」

そう言いながら腰掛けた。

「はい、実は……」

土井に目配せされたので、清花は鷲水のレクチャーの資料にあった凍死体写真をテーブルに載せた。本人確認ができないよう加工されたものではなくて、警察の記録にあった写真である。彼女はそれを覗《のぞ》き込み、

「ああ……ええ……はい」

と、頷いた。

「このご遺体がなにか？」

土井は椅子を少し前に出し、あの情けない笑顔を作った。

「左右心臓血のレクチャー資料にこの写真があったので伺いました。こちらの大学で解剖されたということでしょうか」

「ですね、私が執刀しました」

土井は深く頷いた。

「ちょっとお話を伺いたいのです」

「どのようなことですか？」

鷲水が怪訝《けげん》そうな顔で訊《き》く。土井は写真を回収し、もっと情けない表情を作った。

「我々の部署は未解決事件や似通った事件を調べています。すでに解決済みの案件などは、重箱の隅を突《つつ》くつもりもないですが、余所《よそ》の仕事に首を突っ込むかたちになるので管轄署の心証を損ねがちです。そこで、直接所轄に問い合わせる前に、こうして情報を得たいわけです」

「……はあ――」

鷲水は土井が写真をしまったポケットを見ながら、唇を噛《か》んで顔をしかめた。

「――犯罪死だと思われたってことですか？」

「いえ、違います。こちらで検屍されていますので」

「ですよね？　男性は凍死です。体に傷もありませんでした」

「血液はどうでしょう？」

「アルコールと、あと、ニトロペンが検出されたんじゃなかったかな」

それはなんですかと、土井が訊き、心臓病の薬ですと、彼女は答えた。

「男性には狭心症の既往歴がありましたので、不思議ではありません。まあ、普通は心臓が悪かったらアルコールも控えますけどね、そこは人それぞれで、そういうタイプだったということでしょう」

「そのあたりのお話を、少し詳しく伺いたいです。ご遺体があった場所とか、時間とか、そういう」

土井は熱い目をして彼女を見つめた。

「うーん、そうかー……では……少々お待ち頂けますか」

鷲水は立ち上がり、資料を持ってきますと言ってどこかへ消えた。

しばらくするとノートパソコンを手にして戻り、テーブルで広げてデータを呼び出した。土井や清花から見えない角度に調整したので、敢《あ》えて覗き込むことはしないでおいた。

「亡くなった方の情報は、すでにそちらで調べてご存じですよね？」

「基本的なことはわかっています。知りたいのは記録にない部分です」

「たとえばどんな？」

と、パソコンの奥から彼女は訊《たず》ねる。幼い感じと思っていたが、問いかける眼差しはなかなか鋭い。話し方もサバサバしている。

「死亡したときの天候とか、気温とか、状況とか」

土井が言うと、鷲水はキーを打ちながら、

「男性は六十五歳。旅行客だったと聞いてます。遺体発見は昨年十一月四日の午前十一時四十五分。当時の釧路湿原は積雪もなく、三日は雨で、二日は快晴でした。男性が死亡したのは三日の未明と思われます。ホテルから警察への通報が三日の昼過ぎ。周辺を捜索して遺体を発見したのが翌日午前ということですね。ちなみに二日の最低気温は十一度、三日は雨で五度前後まで下がっています」

「零下ではない？」

清花がつぶやくと、鷲水は顔を上げて清花を見つめた。小首を傾げてハキハキと言う。

「凍死は零下でなくとも起きうるものです。雨で体が濡《ぬ》れていたりすれば、気温が十度より高くても凍死することがあります。男性は矛盾脱衣が見られましたし、湿原を長く歩いた形跡もありました。遺体があったのは中州のように土が堆積《たいせき》した場所ですが、そこへ行き着くには足が濡れたことでしょう」

つまり、男性はぬかるむ湿地帯に入って中州まで歩いたということか。なぜ？　酔っていたから？　道に迷ってパニックになったのだろうか。遺体は金の指輪と金のネックレスをしている。体を濡らして悪路を歩くようなタイプには思えなかった。

「凍死の場合、こんなふうに、理解不能な行動を起こすことがあるんでしょうか」

清花が訊くと、「そうね」と鷺水は鼻を鳴らした。

「矛盾脱衣も理解不能な行動ですよね？　寒いのに服を脱ぐわけだから。体温調節機能の不具合と言えばわかりやすいかもしれませんが、幻覚を見たり、狂騒状態になったり、方向を見失って闇雲に歩いたりということは、よく見られます」

なにも不思議なことなどないと、表情が語っている。

「十一月の釧路湿原は観光客が多いのですか？」

と、土井がまた訊く。

「さあ、どうでしょう」

鷺水は首を傾げた。

「解剖はしましたが、私は現地に行っていません。遺体発見時の写真は所轄署に提供してもらったもので……」

「先生が凍死のエキスパートだから、この大学へ運ばれたわけですね？」

「そうです。北海道は広いけど、施設や人が多いわけではありませんから」

「これなんですが」

土井は別の写真を取り出した。首に残った痣《あざ》の部分を拡大したものだ。耳の後ろに三つ並んでついている。

「これは何の痕《あと》でしょう？　死因との関係は？」

福子からキスマークと聞いていることは隠して訊いた。

鷲水はチラリと写真に目をやって、

「皮下出血ですね」

と、答えた。

「吸引性皮下出血のように見えますが、軽度の圧迫痕《こん》かもしれません。いずれにしても死因とは関係ありません。凍死ですから」

「そうですか」

土井は写真を回収した。

「ちなみに先生は、ほかの凍死体で同様の痕を見たことがありますか？」

「ないですね」

鷲水は答えて次の質問を待っている。

土井は彼女に顔を向け、ニッコリ笑ってこう言った。

「いや、大変参考になりました。感謝します」

慇懃《いんぎん》に頭を下げると、鷲水もようやく微笑んだ。

「いえ……お役に立てたならよかったです」

土井が立ち上がったので、清花も立った。清花としてはさらにツッコんであれこれ訊いてみたかったのだが、仕方がない。以前なら土井に構わず猛攻を始めたところだが、今は土井の思惑を阻害しないよう配慮している。

「ありがとうございました」

と頭を下げると、鷲水はパソコンを畳んで土井が渡した名刺を眺め、

「すごい雪で驚かれたことでしょう」

労《ねぎら》うようにそう訊いた。

「はい。雪の多さというよりも、むしろ硬さにビックリしました」

「そうなのよ。歩幅を狭くしてペンギンのように歩かないと転びます。気をつけて移動してくださいね」

こちらが帰るのを促す仕草だったので、軽く会釈して鷲水と別れた。

外は快晴だったが、建物を出たとたん鼻毛も凍る寒さに身震いをした。吐き出す息

が真っ白だ。周囲に人がいないのを確認してから、清花は訊《き》いた。

「ボスにしてはずいぶんあっさり引き下がりましたね。吸引性皮下出血と圧迫痕の違いは何ですか？」

「さあ、どうだろう」

「どうしてそこを訊かなかったんですか」

ペンギン歩きをしながら土井が言う。

「たぶん調べていないから。あの先生は痣に興味がなかったから調べていないよ。それがわかったから切り上げたんだ。死因は凍死で間違いないしね」

まあ、そうか。と、清花は思った。あれがどういうものか『わからない』ということがわかったのだ。

「だけど先生は、吸引性皮下出血つまりキスマークと断定はしなかった、そこが肝心だとは思いませんか？」

土井が清花を振り返ってニタリと笑う。そして言った。

「こうなればホテルへ行って話を聞くよ。ここから四時間以上かかるから、病院の売店で昼食を仕入れていこう。車に乗ったら万羽さんに電話して、彼が泊まったホテルに予約を入れてもらってよ。遺体が見つかった場所も見てみたいしね」

「今日の今日で予約が取れますか？」

店とかないから」

「機内でネット検索したら空いてたよ。夕食も朝食もつけてもらって。どうせ近くに

わかりましたと清花は答え、福子がキレない程度のホテル料金でありますようにと心で祈った。

病院のコンビニでパンと飲み物を買い込んで釧路へ向かった。大雪山《だいせつざん》を通るルートを避けて道東《どうとう》自動車道を通っても四時間半、雪道だし、トイレ休憩などを含めば五時間程度はかかるだろう。カーナビ検索をしたら、鷲水が『現地に行っていません』と言った理由が納得できた。捜査本部ごと動くキャンピングカーなら移動途中で日が暮れてもなんとかなるが、普通車での移動は必ず宿泊地に着かねばならない。

北海道は広いのだ。

雪原と丘が美しい美瑛《びえい》を通過し、初夏に花畑が広がる富良野《ふらの》を走る。どこもかしこも雪で覆われ、同じかたちの木々が生え、オモチャのような牧場のサイロや建物が見える。桃香なら絵本の国だと言うだろう。

「すごい景色ですね」

言いながら買い物の袋を膝《ひざ》に置き、コンビニで雑多に仕入れたパンを出す。ロバパンなるメーカー名に惹《ひ》かれて買った豆パンだ。あとはチョコレートコーティングが美《お》

味《い》しそうだったねじれパン、ちくわパンなんてものも売っていた。

キャンカー捜査の時は土井がコーヒーを淹《い》れてくれるが、乗用車ではそれもできない。缶コーヒーは熱いうちに飲んでしまって、カツゲンなる謎の飲み物と、土井用の番茶がパンのお供だ。

「パン食べますか？」

訊くと頷《うなず》いたので、エアコンの熱で溶けそうなチョコレートパンを剝《む》いて渡した。手が汚れないようパッケージから半分だけ出しておく。

「チョコが落ちそうだな」

と、言いながらパンを受け取り、囓《かじ》って土井は、

「あれっ」

と、言った。

「チョコレートじゃない。なんだこれ？　あ、羊羹《ようかん》だ」

「え」

自分用のパンをよく見ると、『ようかんツイスト』と書いてある。

「チョコレートと思ったのに、なぜ羊羹？」

「やっぱ北海道だからかな？　小豆が有名だったよね……でもこれは、チョコが落ちなくていいというか、なんというか、マズくはないな」

「……豆系のパンを二つ買ってしまった……負けた気がする」

言いながら袋を破いて食べてみると、薄くコーティングされた羊羹とふわふわのパン、さらにクリームがベストマッチで驚いた。

「う。美味しい。でも羊羹って」

あっさり負けを認めたとき、スマホが震えた。福子がホテルの予約完了メールを転送してくれたのだ。予約受付番号と予約者の名前、チェックイン時間などが書かれた定型案内に加え、『チェックインまでに必ずホテルに入ってね。夕食は六時半だから』と、コメントが添えてある。チェックイン時刻は午後五時半にしてあった。

「ホテルの予約が取れたようです」

メールはさらに、『基本的にシングルがなくて、一人で部屋を使う場合は追加料金だったので、その旨土井さんに伝えてね』と、続いている。

「二部屋とって追加料金だそうです」

「そーかー」

パンの袋をくしゃくしゃ丸めて土井が言う。

清花は袋を受け取ると、丁寧に畳んで小さく縛った。

「改めて思うのは、ボロキャンの移動は安価だってことよね」

「ボロは余計だ」

土井は前方を向いたまま、器用にお茶のペットボトルの封を切った。

清花も紙パック入りのカツゲンなる飲み物にストローを挿した。キャンカー捜査班に配属されてからというもの、知らない土地で知らない食べ物や飲み物を見ると好奇心を刺激されて試さずにいられない。カツゲンというネーミングから滋養強壮剤のような味を想像したが然《さ》に非《あら》ず。銭湯で売られている乳酸菌飲料を優しくしたような味だった。

「パン、もうひとつ食べますか？」

ちくわパンを土井に渡して、自分も食べた。母の実家がある長野では、石川県で生産される『ビタミンちくわ』をよく食べる。煮物でなく生で食べる場合が多く、穴にキュウリや大葉や練り梅や、チーズを入れることがある。パンとのコラボが珍しいちくわパンのちくわにはツナマヨネーズが詰め込んであった。

景色は美しく、写真に撮りたい風景が次から次へと現れる。雪原に動物の足跡がデッサンのように続いているかと思ったら、表面が星を撒《ま》いたようにキラキラと輝いて、その上に真っ青な空が広がっている。ときおり風が雪を舞い上げ、煙となってクルクル踊る。北海道……と、ご当地パンを食べながら清花は思った。

午後四時過ぎに釧路市へ入った。

太陽が傾きかけて、夕日の赤さが鮮明になる。海際の地方都市は道路脇に雪が積み上げられて、道行く人は鼻先までマフラーを引き上げている。

ホテルと聞いて清花は漠然と都市型ホテルを思い描いた。けれども土井の車は市街地を通り過ぎ、釧路湿原国立公園内へと国道を進んだ。都市型の建物は次第に消えて、雪の原野が広がる地帯だ。間もなく日が暮れるだろう。清花は不安になってきた。

「チェックインに間に合いますか？」

カーナビによればホテルは湖畔にある。地図表示を拡大していくと、同じ水場に湖と沼、両方の表記がされていた。南側は湖底が深く湖で、北側は沼になっているのかと想像しながら景色を見ると、道路の両側に葉を落とした森が続いている。到着予定時刻を見る限りは間に合いそうだが、原野に枝ばかりの木々が見え、ホテルらしき高層建造物などまったく見当たらない。

「大丈夫でしょ」

呑気《のんき》な感じに土井が答えた。唇に笑みが浮かんでいて、雪原に暮れていく夕日の色や、それが大地に映す植物の赤い影を楽しんでいるようだった。近くの林に跳ね上がる動物の影が見え、目をこらすと毛皮で膨らんだキツネであった。

「あ、キツネ！」

叫ぶと土井も遠くへ視線をやって、

「エゾシカの群れもいたよ」

「どこですか？」

「向こう」

彼が指す先には地平線があり、鹿も木々も一緒くたに暮れ始めていて見分けがつかない。感動の景色を切り取ろうとスマホを向けると、欲しかったアングルはもう過ぎて、スマホを覗《のぞ》き続けていると雄大な景色を味わえない。本当に罪な大地だと思う。

清花はついにスマホを下ろし、暗くなっていく雪原をひたすら見つめた。

「日本にはまだこんな場所があったんですねえ」

しみじみ言うと、

「あるんだよー」

と、土井も答えた。

やがて前方に湖らしきものが見えてきた。建物などないのに、カーナビは目的地が近いと告げている。車が通った轍《わだち》を進んで小高い丘に上がっていくと、そこにようやく、山小屋ふうのこぢんまりとした建物があった。

「無事到着だ」

と、土井が言う。

なるほど、これがホテルなら国立公園内で迷って凍死したっておかしくはない。十一月はまだ完全に落葉しておらず、建物を望むことができなかったはずだから。

「そうか……そもそもホテルのイメージが違っていました。如何《いか》に自分が都会の感覚に毒されているか思い知ったわ」

ボソリと清花は自分に言った。

ホテルは丘の上にあり、周囲に除雪した雪が積み上がり、眼下に湖面が広がっている。空は茜《あかね》から群青に変わり、車を降りると、雪と風の匂いがした。

「天然温泉に入れるらしいよ。北海道は温泉が多いから」

荷物とも呼べない程度の荷物を下ろして、土井は建物の入口へ向かう。個人の別荘かペンションのような佇《たたず》まいだった。

自慢の天然温泉を早めに堪能《たんのう》させてもらって、夕食時に料理を運んでくるスタッフに話を訊《き》こうと思っていたが、このホテルは自室で食事できるのが売りで、スタッフも余裕がない様子だったので、別の機会を待つことにした。

部屋にこもっていては聞き込みにならないし、また大浴場へ行っても宿泊客からは地元の噂を仕入れることもできないので、夕食を終えると二人はラウンジに移動して、コーヒーを飲みながらスタッフの手が空くときを静かに待った。

午後八時過ぎ。客たちが風呂《ふろ》へ移動して、食事の片付けも終えたころ、四十代くらいのスタッフがラウンジを通りかかって声をかけてきた。

「釧路は初めてですか？　タンチョウを観に？」

ここのスタッフは制服でなく、ホテルのロゴが入ったトレーナーを着ている。フレンドリーにニコニコしながらテーブルに散らかっていた新聞などを片付け始めたので、どう切り込むつもりか見ていると、土井はお得意の笑顔を作って、

「初めてです。でも、半分は仕事で来てまして」

ソファからやや身を乗り出した。スタッフは目を丸くしてこちらを向いた。

「真冬にこんなところでお仕事ですか？」

その問いに土井は頷《うなず》き、一瞬だけ値踏みするような表情を見せた。上着に片手を突っ込むと、もう片方の手で上着を開いて身分証を呈示する。

相手が警察官だと知ると、スタッフは怪訝《けげん》そうに眉根《まゆね》を寄せた。

「昨年の十一月ですが、二日から三日にかけてこちらに宿泊していた男性が湿地帯で凍死していますね」

ラウンジは山小屋のリビングといった造りで、さほど広くないスペースにソファやテーブルやベンチや椅子などが置かれている。現在は清花と土井のほかに利用者はなく、カーテンもない窓の外には黒い大地と灰色の空がある。星々の光は鋭く、雲の合

間にきらめいている。部屋は暖炉の炎の色だ。

スタッフは新聞をホルダーに戻すと、空いている椅子を引き寄せて土井の近くに腰を下ろした。

「……え……じゃ……あれに事件性があったってことですか？」

声をひそめて訊いてくる。どうやらその一件を記憶しているか、知っているらしい。

「そのときも勤務に就いておられたのですか？」

土井が訊《たず》ねると、苦笑した。

「そのときもなにも限られた人数で回しているので。繁忙期はツアー用スタッフを雇うこともありますが、主要メンバーは数人だけです」

「そのときのことを覚えていますか？」

「ええ、もちろん」

と、彼は答えた。

「でも、警察の方と話しましたよ？　事件性はないと言ってましたが、違うんですか？　保険金詐欺とか」

土井はかすかに眉をひそめた。

「保険金詐欺？　どうしてそう思うんですか？」

「どうしてって、保険金詐欺の場合は警察じゃなく、保険会社のほうで調査が入って、それで事件になったりするわけだから……」

「よくご存じですねえ」

感心したように言うと、スタッフはミステリーマニアの顔をして、

「やっぱそうなんですか？　そういえば奥さんも若かったしな」

と、言った。清花自身もハッとしたが、土井も同様に感じたらしく、

「奥さん？　当日は奥さんが一緒だったんですか？」

前のめりになってスタッフに問うた。

警察署の記録は、旅行者が遭難して凍死体で発見されたというものだった。事件性がないので救助活動に必要な情報だけを精査して載せたのかもしれないが。

「そうです。あれ？　警察の人にはそういう話もしたんですけど、お聞きになってないですか？」

「すみません。我らは地元警察とは管轄が違うので」

土井は眉尻《まゆじり》を下げて言う。

「道警とは別の部署でして、過去の事件をまとめる、まあ、窓際部署です。精鋭部隊は忙しいので、我々の班がこうしてフォローをするのです」

「ですから話は聞いていません」

清花も重ねて言うと、

「そうなんですね」

　スタッフは軽く頷き、両膝の間で指を組んだ。独自推理の自慢だとしても、話したいことはあるようだ。土井はさらに前のめりになると、熱を込めた目で彼を見上げた。

「お手数ですが、もう一度お話しして頂けると助かります。どんなことでもかまいません。道警に話そうとして、やめたことでも……」

彼は一瞬顎《あご》を引き、自分に頷いてから言った。

「あのときは、奥さんもいなくなったんですよ。最初は一緒に遭難したと思ったんですけど、発見されたのは旦那《だんな》さんだけでした」

清花と土井は顔を見合わせた。

「じゃ、奥さんは行方不明のままですか？」

清花が訊くと、スタッフは首をはっきり左右に振った。

「そうじゃないと思います」

「それはどういう……」

「勝手な憶測を話してもいいですか？」

訊かれたので、土井と二人で頷いた。

「ああ……ええと」

そして苦笑しながら額を掻《か》いた。

「順を追って話すべきですね？　なにも聞いていないのならば」

「お願いします」

　と、清花が言うと、彼は背筋を伸ばして天井を見上げ、思い出しながら話し始めた。ときおり首を傾けて、誠実に記憶を辿《たど》っているとアピールをする。

「ごらんのように、うちは客室が広くて音が漏れない設計です。チェックアウトは午前十時で、出入りには必ずフロントの前を通ります。ただ、さっきも言ったように少数のスタッフで回しているので、フロントにいつも人がいるわけではありません。春先から秋にかけては湿原をカヌーで巡るアクティビティもやっていますし、自然保護区の仕事もあります。ツアーのお客さんが入ると結構バタバタになるんです。

　それで、以前はお客様が外出するときはキーを預かっていましたが、今は業務改善をして、そういうこともしないので、基本的にお客様の出入りは自由なんです。湿原ツアーなどは申し込みを受けて専用スタッフがつきますが、個人のお客様は行動を把握できないことも」

「なるほど。事情は理解しました」

　と、土井は頷く。

「それで、あのときは、お客様がチェックアウトしていないことに気がついたのが昼ころでした。料金は事前に振り込まれていますし、冷蔵庫はコンビニボックスタイプの現金精算になっているので、出立時はキーの返却と挨拶《あいさつ》だけです。この人数ですから、だいたい雑務を終えた昼過ぎから部屋の掃除に入ります。で、お客様のお部屋のキーが戻っていないと気がついて、部屋に行ったら、朝食が手つかずで残されていました」

なんとなく状況が呑《の》み込めてきた。その時点まで、誰も異変に気付かなかったということだ。

「ご主人の荷物だけがそのまま残されていて、駐車場にはレンタカーもありました。大浴場にもいない、見える範囲のどこにもいない。靴がなかったので外に出たことはわかったのですが、じゃあ、いつ外出されたのかというと」

「前夜でしょうか」

と、清花が訊いた。死亡推定日時は翌未明ということだった。

「そうだと思うんですよ……夕食時にはいらっしゃいましたので」

土井は窓に目をやった。建物の周囲には外灯があるが、それ以外は真っ暗だ。繁華街でもあるまいし、夜間に散歩したくなるような場所ではない。

「そんな時間に散歩に出ても真っ暗ですよね。それとも、夜行性の動物を見に行ったとか、そういうお客もおられるんですか？」

土井が問うとスタッフは苦笑した。

「野生動物の観察もいいけど、テーマパークじゃないですからね。身の安全は自身で守っていただかないと……熊は夜寝るなんて話もありますが、個体差があるので危険です。当然ながら道を外れれば遭難の危険もありますし、湿地帯ですから沼にハマることだって……ただ、湿原の展望台から釧路市街の夜景が見えて、これは確かに人気です。展望台は閉鎖するけど、駐車場までは行けるので」

「でも、車はあった」

「そうです」

「なるほど」

「夜の散歩は奥さんも一緒だったと思うんですね？　それなのに、どうして警察は奥さんを捜さなかったのかしら」

「だから、荷物がなかったからです」

「どういう意味ですか？」

と、清花は訊いた。彼はまたもミステリーマニアの顔をした。

「お部屋にはご主人の荷物しかなかったんです。残されていたのはご主人のものだけでした」

この意味がわかるかと清花を見てくる。黙っていると彼は続けた。

「たぶんですけど、あれは夜の散歩じゃなくて、奥さんを追いかけて行ったんじゃないかと思うんですよ。きっかけはわかりませんけど、奥さんが荷物をまとめて出て行って、ご主人はそれを追いかけた。で、道に迷ってしまったと」

「二人はケンカしていたんですか？」

するとと彼は困ったような顔で笑った。

「わかりません。食事は個別にお部屋で摂《と》る形式ですし」

「じゃあ、どうして奥さんだけが出て行ったと思うんですか？」

うーん……と床に目を逸《そ》らし、少し考えてから彼は言った。

「そう考えるのが現実的だからというか……うーん……そうですね……さっき、奥さんが若かったと言ったじゃないですか」

「はい」

と、土井が返事する。

「でも、その奥さんを見たの、自分だけなんですよ」

意味がわからず首を傾げると、スタッフは尻《しり》を少し前に出し、

「ご予約はご夫婦で、お部屋はツインを一部屋でした。夕食朝食付きでご一泊、チェックインはご主人が」

「そのとき奥さんを見たんですね？」

「見たというか……まあ……」

と、彼は曖昧《あいまい》に頷《うなず》いた。

「ぼくはフロントでなく、外でカヌーの手入れをしていたんです。奥さんはそのときまだ車のそばにいて……」

清花が頷くと、彼は急に声をひそめた。

「人間離れした容貌《ようぼう》で……」

「人間離れした容貌って？」

彼は唇をちょいと歪《ゆが》めると、眩《まぶ》しい感じで目をしばたたいた。

「うーん……線が細くて……長い髪で……白いコートを着ていたように思うんですが……ちょっと、しっかり見られなくて」

「どうしてですか？」

彼は首を傾げて考えながら、

「どうしてというか……向こうが振り返って目が合いそうになったとき……思わず目を逸らしちゃったんですよね。なんていうか……見ちゃいけないような気がして」

「それはどういう……？」

「や、よくわからないんですけど、こう……ゾクゾクッと寒気がしたと言おうか……青白い顔で、目が切れ長で……メチャクチャ若い……うーん……」

「カップルとして違和感があった？」

土井が訊《き》くと、スタッフは頷いた。

「現実離れしていたというか……あー……」

この話は、言おうか言うまいか悩んだという素振りをしてから、彼は続けた。

「えーと……実は……ご主人の荷物しかなかったと言いましたけど……」

それでも言いあぐねるので、清花が、

「どうぞ。なんでも仰《おっしゃ》ってください」

促すと彼はパッと顔を上げ、ゆっくりと言葉を切ってつぶやいた。

「あの奥さん……ほんとうに……いたのかなあと……」

風が窓をガタガタ揺らす。真っ黒だった外の景色はいつの間にか灰色になって、チラチラと雪がガラスに散り始めていた。

「どういう意味ですか」

思わず眉間《みけん》に縦皺《たてじわ》を刻むと、スタッフは怯《ひる》まぬ目つきで先を続けた。

「ご予約はツインを一室、宿泊者はご夫婦二人、これは間違いないんです。食事も二人分用意して、夕食はどちらも手をつけてありましたけど、片方はほとんど残っていたんです。ベッドは若干乱れていたけど、眠った形跡はありませんでした。不思議なのはスタッフ全員、ご主人のことは覚えていても、あんなに特徴的な奥さんのことはぼく以外の誰も覚えていなかったんです。警察はタクシー会社に連絡して、若い女性を乗せた車を探してみると言ってましたが……いたのかどうか……」

「ここから移動するとして、タクシーは呼ばないと来ませんよね？」

「そうです。でも、呼んでない。夜間は特にフロントで手配するのが普通です」

「なら、徒歩で出て行った？　それは可能なんですか？」

「可能ですね。距離的に一番近いのは茅沼《かやぬま》駅ですが、沼を縦断できないので、水辺に沿って国道を北か南へ移動することになります。北へ行くより南へ出た方が早いし、道があるので歩いて行けます。塘路《とうろ》駅は無人駅です」

「防犯カメラは？」

「さあ、どうでしょう。駅にはあるかもしれないけれど、どうかなあ。湿原は観光ポイントに絞って設置されていますけど、ライブカメラとかですね。あと、野生動物の観察用に設置したのがありますが、そういうのはアングルが人を写すようになっていないので、道を写していないんです」

「当然警察は調べたわよね」

誰にともなく清花はつぶやく。だが、その結果をスタッフが知るはずもない。

「奥さんについて、警察は何と言っていましたか？」

土井が訊くと、スタッフは小鼻の脇にシワを寄せて笑った。

「なんとも。……まあ、初めからお二人のようには話を聞いてくれませんでしたし、確認という感じで質問されて、こちらの話に対してはそのままですね」

それは失礼いたしましたと言うように、土井は深く頭を下げた。

「ちなみにですが、ぼくらは保険会社の話で再調査に来たわけではないんです。正直なところ事件性は薄い。死因も凍死で間違いないし……また、死亡についてはご家族に連絡が行くはずなので、もしかしたらそのときに、警察としては奥さんの無事を確認したのかもしれません」

「奥さんだけが出て行ったというのは、あながち間違っていなかったのかもしれないですね」

清花も同調して話を終えた。

けれどスタッフはまだ言い足りないことがあるようで、ジッと二人を見つめている。

「あの奥さんですけど……ホントに生きていたと思います？」

低い声で訊いてきたので、不覚にも清花はゾッとした。

「と、言いますと？」

彼はラウンジの奥へチラリと目をやり、

「いえ……まあ……うちの厨房《ちゅうぼう》にオカルト好きの子がいるんですけど……怖い話をしていたもので」

「怖い話ですか」

と、土井が言う。顎《あご》を引きつつ、先を促す顔をする。

清花のほうは逆に体を乗り出した。

「ほら、奥さんのこと、ぼくしか見てないって言ったじゃないですか。そうしたら、その子がこんなことを言うんです。その奥さんは若いころに死んでいて、夫婦で予約はしたけれど、実際に来たのは旦那《だんな》だけだったんじゃないかって。そうなら奥さんの荷物がなかったわけも、食事がほとんど手つかずだったわけも、旦那が夜に出て行ったわけも……つまり旦那は、奥さんの幽霊とここへ来たと言うんです」

「こー、わー、いー……」

と、土井が声を震わす。スタッフは苦笑して、また言った。

「ご遺体ですけど……びしょ濡《ぬ》れで、服を脱いでいたんです。滝川《たきかわ》のほうに雪女の話が伝わっていますけど、あれはそれとそっくりだって」

室内は暖かいのに、体の芯《しん》が凍える気がした。

「それはどんな話ですか？」

「本州にも雪女の話がありますよね？　そっちは雪の妖怪《ようかい》だけど、こっちは幽霊なんですよ。明治時代に炭鉱鉄道を敷いた人たちの間で、実際に広まっていた話だそうで……鉄道作業をしている近くに川が流れていて橋がある。日暮れに雪が降り始めると、その橋に角巻《かくま》き姿の若い女が佇《たたず》むんです。あまり頻繁に現れるので、みんなが噂するようになる。いったい女は何者で、あんなところで何をやっているんだと」

清花はチラリと土井を見たが、土井は目をまん丸にして聞き入っている。

「で、ある日。一人の若者が女に声をかけるんです。こんなところで何をしている、寒くはないかと。女は『あんたを待ってた』と言い、彼をどこかへ連れて行く。そんなことが続いたある日、その若者が巨大なつららを抱いて死んでいるのが見つかった。彼は郷里に許嫁《いいなずけ》を残して出稼ぎに来ていたんですが、許嫁が郷里で亡くなっていて……死霊になって迎えに来たのか、それとも男の誠を試すために角巻き姿の女に化けて、男が彼女に手を出したため祟《たた》り殺してしまったのか、という話です。ほら……」

と、彼は囁《ささや》くように、

「亡くなった男性ですけど、見つけたときには、まるでつららを抱いていたみたいだったんですよ。両手が胸にあって、服を脱いで、びっしょり濡れていたんですから」

たしかに遺体は何かを抱いていたかのように、両手が胸に置かれていた。パンツ一丁だったのは矛盾脱衣のせいだけど、死の間際にどんな幻を見たかはわからない。女は幽霊、首の痣《あざ》はキスマーク。このスタッフならそう思うのかもしれない。

「なーんて……すみません。警察はこんな話に興味ないですよね」

「そんなことありません」

清花が言うと、

「どんな情報もありがたいです」

と、土井も答えた。

「ところで、我々が気になっていることがありまして……ご遺体の首にあった三つの痣なんですが」

ようやく土井が切り出した。

「痣ですか？」

スタッフは首を傾げた。

「そうです。こう……」

と、土井は首を回して、自分の耳の後ろを指した。

「このあたりに三つ並んで丸い痣が残っていまして。何の痕《あと》なんだろうかと」

「男性が来たとき、痣に気が付きませんでしたか？　それか、ホテルの備品に痕が残るようなマッサージ器具があるとか……お部屋には見当たりませんでしたけど」

清花も横から訊いた。

「いや……痣はわからないし、部屋に個別の備品は置いていません。ラウンジなら」

スタッフは立ち上がって、棚にあったツボ押し器などを持って来た。

テーブルで確認したが、三つの痣が残るような形状の品はない。イボイボのローラーが回るタイプや、ハリネズミのような足踏み器ではあんな痕にはならないし、一点押しの器具を使えば丸いかたちは残せるものの、居住地も年齢も違う男女の首に等しく似た記が残った謎にはつながらない。

「そうですか……いや、ありがとうございました。大変参考になりました」

土井がニッコリ微笑むと、スタッフも肩の力を抜いて微笑んだ。

「警察は書類を上げたら終わりかと思っていましたが、そうでもないんですね」

「ええ、まあ……書類で終わらないよう努力はしているんですが、なかなかもどかしいところもあって、申し訳ありません」

「北海道の警察は交通違反の取り締まりが超優秀なんですよ。道路が真っ直ぐで信号もないので、みんなけっこう飛ばすんですよね。で、旅行者はたいていネズミ取りに引っかかります。土地の車と一緒に走って、前の車がスピードを落としたら一緒にスピードを落とすといいです。地元民は危ない場所を知っているから。だけど最近は移動式オービスが……って、警察の人にこんなこと言っちゃダメですね」

「いえ、大いに参考にさせていただきます」

土井は悪気なく言って、スタッフを仕事に戻した。

スタッフがラウンジから去るのを待って、フロントを通って外に出た。

寒風に身を縮こまらせて屋外に立つと、空も景色も灰色だった。それは夜間も人工の光に囲まれる都会とはまったく違って、雪が舞い散る音さえも聞き分けられるような気がした。外灯は建物の周囲にしかなく、沼は白く凍って見えた。昨年の十一月はまだ雪がなかったというけれど、歩いて散歩したくなるような景色ではない。妻の幽霊が誘ったのだというならば、そのほうがずっと納得できると清花は思った。

「どうにもおかしな話だなあ」

土井は静かにつぶやいて、

「夜が明けたら死体の発見場所まで行ってみよう」

と、清花を振り返った。

「そのあとは交番だ」

コートも着ずに十メートル近く歩いてみたが、凍えそうで引き返した。

唐洲寛《からすひろし》がここを出た夜は気温も十一度程度だったというから、月明かりの下、ほろ酔い気分で歩こうと思えば、かなり先まで行けただろう。

清花は空を見上げたが、すべてが灰色で月の在処《ありか》はわからなかった。

翌早朝。ホテルのスノーシューを借りて現場まで歩いた。

記録の場所はホテルから数分の湿原地帯で、雪が全てを覆い隠して現場写真の状況を確認することはできなかった。

「道路からも遊歩道からも……外れてますねぇー」

写真と雪景色を照らして土井が言う。

「その頃は周囲に湿生植物が茂っていて、遺体を隠していたんだろうなあ」

「一口に捜索と言っても、こんなに広いと、むしろよく見つけたものだと思いますけど。どうやって捜したのか……上空からなら見えたんでしょうか」

清花は再度写真を覗《のぞ》き、

「着衣も派手な色ではないし、景色に紛れてしまいそう。それか、身につけていた金が光ったのかしら」

見渡す限りの湿地帯だ。今は雪原に茎だけがポソポソ立っているけれど、葉が茂っていたなら、どうして地面に倒れた人を見つけられるだろうか。

「森林警備の捜索隊は、遺体の場所を捜すのに地面ではなく空を見るそうだ。死体があれば鳥が飛ぶ。鳥が飛んでいなければ、遭難者はまだ生きているということだ。そんな話を聞いたことがあるね」

雪原にタンチョウの群れがいる。巨大で細長い鳥の吐く息が、白く湯気になっている。それは、華麗で華奢《きゃしゃ》で作り物のような鶴が熱い体温を持っているという当たり前のことを気付かせる。頭上を舞う鳥は見えない。雪はまだ、ときおりチラチラと降り続いているが、遠くに雲の切れ間があって、そこから光の筋が落ちている。鼻の中が凍る寒ささえ、この風景を創り出していると思えば悪くない。

「昨夜のスタッフの話ですけど、雪女の……」

鶴を見ながら清花は言った。

それは北海道ならではの生身に響く哀しさがあった。妖怪の存在は全否定する清花でも、その正体が死霊というなら、あり得るかもと思えてきたのだ。

「本当にいると思います？」

問いかけると、土井は白く息を吐きながら、

「どうかなあ……雪女でもいいから会いたいと思うことはあるけどさ」

と、静かに言った。


チェックアウト時刻よりも早くホテルを発《た》つと、清花と土井は国道を南へ戻って塘路駅に寄ってみた。もしも女が実際にいて、男より先にホテルを出たなら、月明かりさえあれば徒歩でも十分移動できると確認できた。念のため当夜の月齢を調べると、満月ではないものの相応の月明かりがあったこともわかった。

塘路駅は、本数こそ少ないものの午後九時過ぎまで便がある。防犯カメラは見当た

らず、ここでも清花は自分の感覚がすっかり都会寄りになっていることを知った。

土井が行くと言った交番は交番ではなく、塘路駅がある小さな町に置かれた駐在所だった。住居を兼ねているため建物自体は小さくないが、茶色とベージュに塗り分けられた二階建ての建造物は桃香の積み木を連想させた。雄大な自然と隣り合わせに暮らす人々の町に殺伐とした気配はなくて、素朴な町並みと雲間に覗く空の青さが目に染みる。積まれた雪の隙間に車を停めて、土井と一緒に駐在所へ向かった。ホテルから最も近いから、客が失踪《しっそう》して最初に動いたのはここの駐在員だったはず。

アーチ型の庇《ひさし》の下に引き違い戸があって、開けて入ると内部は初夏のような暖かさだった。雪ばかり見ていた目に室内は暗く、ベンチやカウンターがさみしく映る。

「ごめんください」

声をかけたが、応答する者はいなかった。

「パトロール中かな？」

土井がつぶやいたとき、

「はぁーい！　はいはいー……」

どこかで男性の声がして、シャベルを持った警察官が外に来た。分厚い長靴を履いて手袋をはめ、首にタオルを巻いている。彼は玄関前の雪山にシャベルを挿し込むと両脚をバタバタさせて靴裏の雪を地面に落とし、扉を開けた。

「お日さんが出てきたんで日陰の雪をね、砕いて地面に撒《ま》いていました。少しでも融《と》かしておかないと……いやはや、何かありましたか？」

大柄で五十歳くらいの駐在員は、白髪交じりで四角いメガネをかけている。屋外にいたため両頬が赤く、手袋の甲で鼻水を拭《ぬぐ》って土井を見た。

「観光で？」

ツカツカと入ってきて、カタログスタンドから釧路湿原のパンフレットを取ろうとするので、土井が言う。

「いえ、違うんです。ちょっと話を聞かせて欲しくて」

そしてペコリと頭を下げた。

「警察庁特捜の土井です」

「鳴瀬です」

相手はポカンと口を開け、ややあってから、

「へっ……警察庁？」

素っ頓狂《とんきよう》な声を出して背筋を伸ばした。

「東京の？」

「そうです」

やおら手袋を外して目の前まで来ると、清花と土井を交互に見てから、

「東京の警官が、なんでまた」

訊《たず》ねるでもなくつぶやいた。

昨年の十一月に釧路湿原で凍死した男性の件だと伝えると、清花らにはベンチを勧め、自分はカウンターの内部から丸い木の椅子を引っ張り出してきてそこに座った。尻《しり》が痛くないよう布のカバーがついている。ビックリしたような顔をして、こちらが話を切り出すのを待っているので、土井が、

「昨晩は湖畔のホテルに泊まってスタッフから話を聞いたんですが、亡くなった男性は夫婦で旅行に来ていたそうですね」

そう言うと、大げさに何度も頷《うなず》いた。

「はあはあ……へえ……ああ、そうでした」

「そのときのことを詳しく教えて頂けませんか」

駐在員はさらに何度か頷いて、記憶を呼び戻しているようだった。

「仙台で会社をやってる人でしたっけねえ？」

と、逆に訊《き》いてくる。土井が答えた。

「弟子屈《てしかが》署の記録には、住所氏名年齢と凍死に至った経緯など、簡単なことしか書かれていなかったのですよ」

「あー、まあ、そうですかねえ。年齢的にも高齢でしたか……でも、たしか会社の役員だったと思いますよ。レンタカーが会社のカード決済になっていたとか……だったんじゃないかな」

「会社の名前を覚えていますか？」

「ええ……と……あー……」

ちょっと待ってくださいよ、と言いながらカウンターの奥へ行き、執務机の引き出しを開けて大学ノートを持ってきた。

「事件みたいなものはほとんど起きない場所ですけどね、細かい仕事が多いんで、書いておかないと忘れてしまうものですから、書類とは別にメモを残してるんですよ。ええっと……昨年の十一月、頭でしたか、文化の日だったたか」

「ホテルが通報したのは三日の正午くらいだったと思います」

清花が言うと、ノートをペラペラめくりながら、

「あ、そうですね。入電が三日の十三時十六分と書いていますわ」

それを持ってまた椅子にかけ、

「亡くなったのは唐洲寛さん六十五歳。本籍が山形市の長谷堂《はせどう》で、現住所が仙台市北仙台。株式会社クヌースの、役員というか、会長でした」

「クヌース、どんな会社ですか？」

「さあ、そこまでは」

駐在員は土井の顔を覗《のぞ》き込み、

「なにかありましたか？　この件で」

と、訊ねてきた。

「いえ。まだそういうわけでもないですが、ちょっと、この……」

土井は遺体写真を出して、首の痣《あざ》を駐在に見せた。

「首のマークが気になって」

「はあーっ」

と、彼は写真を覗き込み、

「東京では、こういう痕《あと》なんかも気にして見ますか――」

と、訊いてきた。

「――虫刺されかなんかと思ってましたが、なにか怪しい痕ですか？」

「それを知りたくて調べています。ときに、似たような痕をご覧になったことは？」

彼は首を左右に捻《ひね》って、

「大きさやかたちは虫刺されに見えますけどね、もっと腫《は》れるし、赤くなるかな」

「凍死体に似たような痕を見たことは？」

「ないですねえ。と言いますか、いくら北海道でも、そうそう凍死しませんて」

「最初に電話を受けたのがこちらの駐在所で、すぐホテルへ行ったんでしょうか」

「行きました。荷物も車もあると言うんで、真っ先に疑ったのは自殺です。あとはヒグマも出ますから、すぐ本署へ電話して、けっこうな人数を集めましてね。当日は二十時ころまで捜索し、翌朝は七時から開始して、靴が片っぽ見つかったのが八時過ぎ。そのあと遺体を発見しました」

「そのときですが、奥さんの捜索はされませんでしたか」

「や。最初は分けては考えませんでした。どちらかが見つかれば近くにもう一人もいると思っていたですが、遺体が男性だけだったので、じゃあ、もう一人はどうした？ってことになりますわな」

「そうですね」

駐在員は眉尻《まゆじり》を下げ、含みのある顔で笑った。

「亡くなったのは寛さん。奥さんの名前はゆう子さん。ところが寛さんの会社に電話してみると、奥さんは自宅にいたわけでした」

清花と土井は顔を見合わせた。

「奥さんだけが先に帰ったわけじゃない？」

清花がホテルスタッフの推測を告げると、駐在員は苦笑した。

「そうじゃなく、奥さんに内緒のお忍び旅行だったようでして、会社的には視察ということになっていました」

「連れていたのは……じゃあ？」

「わかりませんが、ずいぶんと年の離れた女性だったようです」

「その女性は追ったんですか？」

「追ったというか、死体になって湿原にいなかったことは確かです。冬場は特に、鹿が死んでも鳥が飛ぶのが見えますからね。ケンカして出ていったと言うならそうでしょう。男が追いかけて、道に迷って、湿地に塡《は》まった可能性はあります。なかなかね、地面に見えてもうっかり入ってズブズブ沈むと抜け出せません。明かりも建物もないので方向を見失い、もがいて体力を消耗し、体も濡《ぬ》れて、ようやく抜け出したけれども凍死……そういうことだと思ったですが、いちおうね、大学へ送って解剖したと聞いていますが」

「周辺の防犯カメラはどうですか？　女性の姿を捉《とら》えたものがあるのでは」

「防犯カメラなんてあなた」

と、駐在員は歯を見せて笑う。

「見ての通りの町ですからね、住人の目と口がカメラみたいなもんですわ。あのときは夜のうちに電車で行ったんだろうと……たまたま乗り合わせた者がいなけりゃわかりませんし。釧路駅周辺のカメラを当たればどうかわかりませんけど、事件性がなかったのでそこまではしなかったんでしょう」

「雪女の話や噂をご存じですか？」

唐突に清花が訊くと、駐在員は不思議そうな顔をした。

「知ってますけど、それが何か？　噂？」

「このあたりで雪女を見たという話がありますか？」

駐在員が『あんた大丈夫か？』という顔をしたので、

「いえ……ちょっと訊いてみただけです」

清花は話題を取り下げた。

駐在員は窓の外へと目を向けた。

「まあ、北に住むということは、雪女と暮らしてるみたいなもんですからね。氷点下二十度とかになってごらんなさい。窓に巨大な霜の結晶ができますよ。毛嵐《けあらし》といって真水でない海水からも湯気が立ちます。雲海のようになるんです。ああいうのを見ていると、雪女なんか驚く気にもなりませんがね」

駐在員に礼を言って車に戻った。レンタカーを乗り捨てにして釧路空港から羽田へ飛べば、今日中に東京へ戻れるはずだ。土井はカーナビをセットしながら、

「唐洲寛の会社は仙台……」

と、独り言のようにブツブツ言った。
一度仕切り直すにしても次は仙台へ飛ぶのだなと、清花も考えていたところだった。

第四章　勇の暴走

土井の愛する『捜査本部』がＦＦヒーターの修理を終えた、と整備工場から電話がきたとき、清花らはちょうど羽田空港に到着したところだった。

時刻は午後五時近く。土井はすぐさま福子のスマホに電話して、週明けからキャンカーに乗り換えて東北へ向かうと告げた。

「うん。そうなんだ……なかなかミステリアスな展開になってきちゃって……先《ま》ず仙台、あと、たぶん郡山へも行かなきゃならない。そっちはどうだった？」

駅に向かいながら、土井は福子と話をしている。土井は清花を振り返り、

「痣を持つ遺体は見つからなかったってさ」

と、言った。

勇が休みを取っているので、福子が一人で北海道まで調べたらしい。

「けれども少し絞れてきた。全員が東北以北で凍死している」

福子になのか、清花になのか、土井は話しながら歩き続ける。フライト時間が迫るなか釧路空港で取りあえず買った土産はチーズブッセで、その袋を下げながら清花も勉と義母《はは》に『今日は帰る』とメールを送った。通話を終えて土井が言う。

「サーちゃんは直帰していいよ。ぼくは車を引き取りに戻って、万羽さんの土産を通信室へ置いてくる。散財したし、ご機嫌を伺っておかないと」

こー、わーいから、と、真面目な顔をして言った。

「わかりました。お願いします」

人混みに揉《も》まれてはぐれそうになり、足早で駆け寄ると、

「せっかくの連休を潰《つぶ》しちゃったね」

土井は申し訳なさそうに眉尻を下げた。

「もう一日ありますから」

「そうだけど桃ちゃんに悪いことしちゃったぁ。どこかで代休とってよね」

はい、と答えながらも、清花の心はすでに仙台へ飛んでいる。こういうとき、清花は自分が根っからの刑事なのだと思う。やっぱり何かが引っかかる。別々の場所で凍死した男女に雪女の迷信がくっついて回る。痣《あざ》の理由もわからない。

だからこそ釧路湿原で死亡した唐洲の妻に会わねばならない。妻は生存しているので、彼はその幽霊と旅行していたわけじゃないのだ。若い女は誰なのか。雪女……の

はずもない。

「数日程度の旅になる。週明けにいつもの場所まで迎えに行くから。八時半なら桃ちゃんを学校に送った後だよね？」

「感謝します」

「いや、こっちこそ」

土井は駅のゲートをくぐった。

明日中に出張の準備を整えるとして……と、清花は考える。桃香に手伝ってもらうのはどうだろう。そうすれば一緒にやることが増えるわけだし、何が必要か考えてもらうのもいいかもしれない。娘のことを思うたび、胸の奥がキュッとする。

清花はポケットからケースを出して、桃のグミを一粒食べた。

桃香が生まれて最初に抱いたとき、清花は自分にこう言った。間違えちゃいけない、この子は所有物ではなくて、自立するまで天から預かった命なのだと。だからこそ個性をすべて尊重しようと。けれどその存在はあまりに愛《いと》しく、愛しすぎて過保護になりそうで、いつまでも眺めていたくて、刑事が目にする凄惨《せいさん》な現実と地続きの世界に娘がいると信じたくなかった。成長する未来が悲惨であってはならないと思った。

だから娘を切り離してきた。今さらのように後悔するのは、桃香の成長の大切な過程を見守るチャンスを逸したことだ。

チーズブッセを胸に抱き、清花は電車で自宅へ向かった。

自宅へ戻ると、「ママおかえりー!」と、桃香が走り出してきて、手の中に握ったものを見せてくれた。抜けそうだった小さな乳歯だ。後ろから義母もきて、

「昨日、おやつを食べてるときに抜けたのよ。ママに見せると取ってあったの」

と、教えてくれた。靴を脱ぐ間もなく膝《ひざ》を折り、乳歯を眺めて、

「きれいに抜けたね」

と、褒《ほ》めた。虫歯もなくてきれいな歯だった。

「勉がね、最近は再生医療に使えるように、乳歯を保存しておくシステムがあるって」

その勉はリビングにいるようだ。清花はようやく靴を脱ぎ、桃香にお土産のお菓子を渡した。娘は歯とお土産を両手に持って、一目散に父親のところへ走っていった。

「ママのおみやげーっ」

と、声がする。框《かまち》に上がってカバンを抱え、

「お義母《かあ》さん、すみません。また月曜から東北へ行きます」

そう言うと、義母は眉尻《まゆじり》を下げて、

「たいへんねえ」

と、苦笑した。大して気にはしていない。それよりも、という感じで顔を近づけ、

「そのね、歯の保存にね、十年で四十万円とか、かかるんですって」

と、小さな声で囁《ささや》いた。

「その情報なら歯のケースを買うとき私も調べたんですが、事前に登録して抜歯後四十八時間以内に歯髄を抜き取らないとダメみたいです」

「そうなの？」

義母は目を丸くして、

「私、清花さんが戻ってきたら相談しなきゃと思っていたのに」

と、言う。勉はネットで情報を拾う趣味があり、深く掘らずに投げてくる。それらをつぶさに読み取って精査するのが、長いこと清花の役目であった。

「最先端医療といってもまだ過渡期だし、お金がかかることでもあるし、必ずしも乳歯でなくてもいいみたいなので、もう少し調べてみようと思います」

義母は二度ほど頷《うなず》いて、息子がいるリビングへ戻って行った。

抜けた乳歯に虫歯がないなら枕の下に置いて寝るといい、と、清花は娘に話している。その夜、桃香がぐっすり眠ってしまうと、清花は自分の引き出しから外国のコインを一枚出して、抜けた乳歯と交換した。海外旅行で使い切れずに余ったものだ。汚れが酷《ひど》い場合はタバスコで漂白し、ピカピカに磨いて取ってある。まさか娘にかける魔法に使うとは思いもしなかったのだけれど。

「おまえはそういうところがマメだよな」

枕に頭を預けて勉が言った。回収した歯をケースに入れながら、

「子供には夢を見させてあげたいじゃない」

と、清花は答えた。人はみな、いやでも大人になっていく。それでも子供時代に夢を見たなら、豊かな大人になるだろう。

勉は静かに背中を向けて、枕元灯の明かりを消した。

抜けた歯をコインに換える魔法の期限はとても短い。けれど思い出は一生残って、やがては桃香が魔法をかける側になる。布団に入って目を閉じて、清花は雪女のことを考えた。あれも誰かの魔法だろうか。存在しないものを感じる雪景色の魔法。

——……ほんとうに……いたのかなあと……——

ホテルスタッフの言葉が脳裏をよぎって、今夜は雪女の夢を見る気がした。


月曜日。枕の下からコインを見つけて大喜びしていた桃香のことを思い出しながら家を出て、清花は土井とキャンカーに乗った。

東北自動車道を走って仙台市に入ったのは午後三時過ぎ。そこは建物が密集してい

て交通量が多く、人々が行き交う都会であった。

キャンカーで都市部に来ると難儀するのが駐車場で、大型車を停められる場所がなかなかない。ところが今回は高速上にいる間に福子がメールで、国際センター駅近くに大型車を停められる駐車場があると知らせてきた。そこから電車を使えば北仙台まで二十分程度で移動できるというコメント付きだ。

「さすがは万羽さん。至れり尽くせりの敏腕秘書だわ」

清花が褒めると、

「むかし牛タンを食べに来たときは、駐車できる場所がなくってさ」

駐車場の大型車のスペースへ移動しながら土井も言う。

「よっぽど諦《あきら》めようかと思ったんだけど、バス専用駐車場の人に相談したら、それくらいの時間ならと隅のほうに停めさせてくれたんだよね。それで牛タンを食べられた」

末期ガンの奥さんを連れて家族旅行していたときのことらしい。

「麦飯にテールスープに厚切りのタン塩、あとキャベツ……」

遠い目をして土井は続けた。

「妻はもう、あまり食べられなかったんだけどね、子供たちが喜んでさ。忘れられない思い出の味だよ」

その思い出に奥さんがいればこそ、土井はもう牛タンを食べないだろうと清花は感じた。だから、食べに行きますか、とは敢《あ》えて訊《き》かない。

道路にはほとんど雪がなく、除雪した分が街の随所に山を作っている。半分凍った道を行き来する人はとても多くて、でも颯爽《さっそう》として見える。防寒対策をしてキャンカーを降り、清花と土井は駅に向かった。

唐洲寛が会長を務めていた株式会社クヌースは、地元で名前を知られた企業であった。現在は建築部門も設けているが、元々は電気工事会社で、東日本大震災の折りに通信の復旧に尽力して総務省から表彰されたと、自社ビルロビーの特設コーナーに書かれていた。建物は新しいビルが建ち並ぶオフィス街にあって、特設コーナーは一般に開放されており、ブースに置かれたベンチでは街歩きに疲れた人たちが震災の写真を見ながら休んでいた。

東日本大震災が起きたのは二〇一一年の三月十一日だ。当時まだ大学生だった清花は、春休みで母の郷里へ遊びに行っていた。遅い昼食の後片付けをしていた午後に突如感じた長い揺れ。初めは目眩《めまい》かと思ったものの、家族みんなが異変を感じ、地震の揺れだと理解したときの凄《すさ》まじい恐怖。断片的にしかもたらされない被害の状況、やがて届いた津波の映像。そこからの数日間、日本中が水を打ったように静まり返った。

展示パネルを見ると、あのときの痛みがよみがえる。

「あれから十年以上も経ったのか……」

感慨深げに土井が言う。

そのころは唐洲寛が社長であり、真っ先にしたのが沿岸で仕事をしていた下請け業者の安否確認だったとパネルに書かれていた。現場へ駆けつけてみたものの、残念ながら全員死亡。遺体を車に乗せて連れ帰ったと。その後は自ら陣頭指揮を執り、通信の復旧に邁進《まいしん》した。本人の写真もあったが、それは国から感謝状をもらったときのものだった。恰幅《かっぷく》がよく、丸顔で眉が濃く、眼光鋭く、唇が厚い。気骨がありながらも温厚な紳士という感じに見える。凍死体は半眼だったし、首に巻いた太い金のネックレスも、金の指輪も、ズボンを脱いだ下着姿も、紳士のイメージとはかけ離れていた。彼は正体不明の女を連れて、会社の金で旅行していた。

この人が……と、清花は思う。

「パネルを見る限りは、ひとかどの人物だったようですね」

こんな人物になぜ雪女の影がチラつくのだろう。

「どうします？　社の人からも話を聞きますか？」

土井に問いかけると、彼はパネルを見たまま「いや」と答えた。

「それより奥さんのほうを当たろう。社員は会長のプライベートについて、何も言えないと思いますよ？」

それから清花の目を見て笑う。

「万羽さんにアポも取ってもらったからね」

二人で本社ビルを出ると、駅のパティスリーで手土産にモンブランを買った。

一駅となりにある唐洲の自宅はマンションだったが、地元で有名な企業の会長が住むにはこぢんまりとした物件だった。彼については本社で見たパネル写真よりも、つららを抱いて死んだかのような凍死体のイメージが強く、簡素な住居を目にすると、やはりひとかどの人物だったのだろうかと考えた。会社の金で私腹を肥やしていたようには見えないし、彼が会社を大きくしたのも事実だろうし、釧路湿原で凍死したのも真実だ。そうか……女が一緒でなかったとすれば、唐洲は一貫して地元企業の功労者なのか……マンションを前に清花は頭を整理する。死に様から逆に追いかけるから混乱するのだ。普通は第一印象が死体だなんてあり得ない。けれど刑事は大抵そんなふうにして被害者を知る。

マンションに入るとエントランスから先の扉は閉まっていて、脇にインターホン付きの集合玄関機が設置されていた。唐洲の部屋番号を入力し、インターホンのボタンを押すと、年配女性の声がした。

──はい？──

スピーカーに顔を近づけて土井が言う。

「特捜の土井と申します。昨年の十一月……」

話の途中で、

――はいはい――

と、女性は言った。

――いま開けます。五階の528号室は角部屋ですから――

ジー、ガチャ。と扉が開き、頭上で監視カメラのランプが光った。

清花と土井はロビーに入り、エレベーターで上階へ移動した。エレベーター内にもカメラがあって、録画を知らせる赤いランプが点滅している。人の目と口がカメラ代わりだという塘路から、一気に殺伐とした都会へ戻ったわけだ。

唐洲ゆう子という女性は、六十五歳で亡くなった寛氏よりもかなり年上のようだった。血色がよく、小太りで、パーマをかけた髪を栗色に染め、薄紅色のセーターに赤いスカートを穿《は》いていた。丸い銀縁メガネはレンズがピンクで、オレンジ色の口紅がよく似合っていた。

「主人のことを調べているんですって？」

ロココ調のインテリアで統一したリビングに、清花と土井は招かれた。

玄関先で話を聞ければそれでいいと考えていたので、リビングで絹張りのソファを勧められたときは、清花がすかさずセンスの良さを褒めた。夫人がそれを自慢したくて部屋に招いたとわかったからだ。

「そちらはフランスのアンティーク、テーブルはイタリアのものだけど、唐草模様が似ているでしょう？　偶然にも同じ仕様を見つけてしまうと、もう、ほかの人に買われないうちに欲しくなってしまうのね」

二十畳程度のリビングだと思う。チェストや鏡や華やかな照明、窓辺のカーテンに至るまで統一されて、亡くなった夫の影を感じない。この美しくて豪華な部屋で、唐洲寛はどんな時間を過ごしていたのか。

「ベルサイユ宮殿にいるような気がします」

嘘でなく言うと、夫人は「まさか」と謙遜《けんそん》しながら、オホホと笑った。

「お茶を召し上がる？」

いいえ、と清花が言う前に、

「ありがとうございます」

と、土井が答えた。どんなティーセットが出てくるのかと恐縮していると、夫人は電気ポットで湯を沸かし、マグカップにティーバッグを入れて持ってきた。テーブルには置かず、トレーから直接清花らに取らせる。

「テーブルには載せないでね。熱いものを置くと跡が残るから」

それぞれカップを渡されたものの、置く場所に困って膝《ひざ》で支えた。

「それで？　あなた方は東京の警察の方でしたわね。今さら何かわかったとか、そういうことでお見えになったの？」

夫人はトレーを胸に抱えて一人掛けのスツールに腰を下ろした。

清花はチラチラと室内を見渡していたが、今のところ仏壇も、故人の写真も見当たらない。派手な花瓶や豪華な造花はあるけれど、生活感がなくて博物館にいるようだ。

「そういうことではないのです。むしろ教えていただきたくて」

いつも通りに情けない感じで土井は切り出し、紅茶を飲んで「あち」と言った。夫人はそれに反応もせず、唇に笑みを湛《たた》えて小首を傾げた。

「もしかして、わたくしを疑っていらっしゃる？」

それには清花のほうが驚いた。目を丸くして顔を上げ、

「何を疑うんですか？」

と訊くと、夫人は、

「違うの？」

と言いながら、清花を見つめた。

「わたくしが保険金目当てに夫を殺害したとか、そういう頓珍漢《とんちんかん》なことを疑って、ここへ来たかと思ったの」

「奥様は仙台にいて、どうやって北海道のご主人を凍死させられるんです？」

眉尻《まゆじり》を下げて土井が訊《き》くと、

「ああ、よかった……そうよねえ」

彼女は顔の表面だけで笑った。

「保険金なんて微々たるものよ。生きていれば離婚して、生涯慰謝料をふんだくってやれたのに」

真っ向からそんなことを言うので、清花は聴取の主導権を奪われた気がした。

しかし土井はすかさず、

「なーるーほどー……やはりそういうことでしたかぁ――」

と、熱い紅茶をまた飲んだ。

「――いいえ、ご主人が若い女性と一緒だったと聞いたものですから」

夫人はもの凄《すご》い顔で「フン」と笑った。

「わたくしのほうから熨斗《のし》付きで差し上げたんですよ」

「と、いうことは、その女性に心当たりがあるわけですね？」

「まさか！　いいえ、存じません」

と、夫人は答え、顔を背けて天井を見た。

部屋の壁にはデコレーションを施したパネルがはめ込まれていて、リボンや花房やキューピッドのレリーフが見下ろしてくる。夫人はすぐに付け足した。

「主人は病気よ。わたくしはそう思うことにしていたんです。相手の方も存じません。あの男は女遊びがやめられず、次から次へと女を替えていたもので、まったく把握できていませんの。おおかたどこかのホステスか、そういう仕事の女です。素人に手を出さなかっただけいいと思っていたくらい。わたくしのほうでも主人や相手の方に何の感情もありませんしね」

「……でも」

と、清花は身を乗り出した。

「ご主人が亡くなったと連絡が来たときは、やっぱり驚かれたし、ショックだったのではありませんか？」

「ショーック？」

甲高い節をつけ、夫人は顔を歪《ゆが》めて清花を笑った。

「そんな感情は疾《と》うの昔になくなりました。警察が今さら何を調べているのか存じませんけど、事故でも殺人でも関係ないし、興味もないわ。会社のお金で浮気相手と旅行していて死んだんですよ、こんな恥がありますか？　あれはそういう男です。どうせそんな死に方だろうと思ってましたよ。ええ、思ってましたとも……ついでにお話ししておきますが、唐洲を墓に入れた後、わたくしは籍を抜いたんです。あちらの親族ともお付き合いする気はないですし、保険金を頂いたので、それでいいと思っています。今日、お目にかかると決めたのは、そこをわかっていただくためです。『実は殺人でした』とか、わたくしに言ってきて欲しくないんです。そこだけです」

　夫人が次第に興奮してきたので、清花と土井は慌ててマグカップの中身を飲み干した。高価なテーブルに熱いカップを戻せないし、トレーは夫人が抱えているので、飲んで空にするほかはない。

「あと、もうひとつだけいいですか？」

　空のカップを差し出しながら、土井はこわごわ夫人に訊いた。

「元ご主人は、耳の後ろに丸い痣《あざ》がありましたか？」

「痣？　いいえ」

　けんもほろろな言い方と表情だった。これが潮時と清花も感じ、

「ごちそうさまでした」

　と、夫人に直接カップを返した。

　立ち上がって礼を言い、玄関から通路に出ると、振り返るより早く夫人はドアを閉めてしまった。その素早さに、清花は彼女の苦しみを思った。どんな夫婦だったとしても他人じゃないのだ。生きているときは憎み合っていたとして、片方が死んでしまったら、彼女は誰を憎むのだろうか。

「やれやれ……だねえ」

と、土井が言う。

「仕方がないと思います。夫婦関係がわかっただけでも収穫だったわ――」

振り向くことなく通路を進み、清花は言った。

「――通常の鑑取り捜査ならいざ知らず、一旦《いったん》引き上げて別の被害者を当たってみるべきではないですか？　共通項が浮かぶなら、やはり痣には意味がある」

「賛成だ」

そう言って土井はエレベーターを呼ぶ。

エントランスへ下りてマンションを出るときも、夫人が部屋のカーテンの陰から自分たちが帰る姿を見ているのだろうと思った。あの豪華で美しいロココ調の部屋は、夫人の意地とプライドと、きっと慰めだったんだ。

地下鉄で車を停めた駐車場まで戻り、スマホでサーチして大型車を停められるスーパーを探した。出張用の食料を準備する時間がなかったので、夕飯を仕入れておかねばならない。適当な店が見つからず、都市部を出てから偶然目にした店に入った。地元民が足繁く通う老舗《しにせ》スーパーという感じで、東京では見かけない地元の食材がありそうだった。

入ってみると案の定、惣菜《そうざい》コーナーにずらりと餅《もち》が並んでいる。あまりに種類が多く、そのうえ安価で、粒餡《つぶあん》こし餡は言うに及ばず、きなこやゴマのほかにも枝豆を潰《つぶ》したずんだや、海苔《のり》納豆まであった。

「すご……あんこの量が半端ない」

清花の言葉で、買い物カゴを下げた土井も足を止め、ケースを覗《のぞ》いて、

「ほー、んー、と、だーっ」

と、妙な声を出す。

地元の主婦が振り向いて、笑いを堪《こら》えてその場を去った。

「夕飯用に買いますか？　何がいいですか」

「そりゃ、宮城へ来たら『ずんだ』でしょう」

土井はそう言うけれど、清花はずんだが得意でなかった。枝豆は好きなのに、餅とコラボしたとたん、どういう気持ちで食べればいいかわからなくなるのだ。

「……ずんだにしますか？」

グズグズ言うと、

「どれでもいいよ」

と、土井は笑った。

清花は少し考えて、ずんだ餅をカゴに入れ、隣のケースへ移動した。

「うわ、笹かまも安っ！　ひとつ買ってもいいですか？　あ、気仙沼《けせんぬま》のフカヒレスー

プなんてある。これは迷わず買いましょう。うう……手作り南蛮味噌《みそ》だって……」

「遊びに来たわけじゃないんだよ」

土井は呆《あき》れているけれど、聞こえないフリをした。

「ヒトシ叔父《おじ》ちゃん、レアなご当地インスタント麺《めん》がありますよ。あ、白石温麺《しろいしうーめん》って宮城だったのか、こんなに売ってる、しかもお安い」

福子にも分けてあげようとカゴに入れた。

「サーちゃん、料理の計画立てて買っていますか？」

もはや諦《あきら》め顔で土井が訊く。

「大丈夫です。もう一個カゴを持ってきて、お土産分は私が出します」

乾燥ナメコに仙台のまる麩《ふ》、『ママも喜ぶパパ好み』という、なんだかわからないお菓子も買った。レジに並んで予想外の安さに気を良くしていると、土井のスマホが鳴り出した。清花が品物をマイバッグに詰めている脇で電話を取って、彼は画面を確認している。

「何かありましたか？」

訊くと、

「万羽さんからだ」

と、土井は言い、

「ちょっとこれ見て」

と、清花にスマホを差し出した。お札のような水色の紙と、粉々に砕けたなにかの破片が写っていた。

「なんですか。茶碗《ちゃわん》の欠片《かけら》？　それとも砕石？」

荷物を土井に渡してスマホを受け取り、画像を拡大していくと、お札に見えたものがパッケージで、バラバラに砕けたものは菓子だとわかった。『大阪名物岩おこし』と書いてある。東京の雷おこしとは違い、板のように目の詰まった菓子だった。

「勇くんが砕いたらしいよ。それで万羽さんが電話してきた。心配だって」

「え？」

店を出ていく土井を追いかけた。

スマホを返すと、土井はそれをポケットに落として言った。

「有休を取って大阪に行ってきたらしい。お土産が岩おこしで、これってさ、食べたことがあるかどうか知らないけれど、メチャクチャ硬いんだ。前歯が欠けそうなくらいには……や、前歯じゃ到底かじれないかな」

「丸山くんのことだから、ウケ狙いじゃないですか」

土井は顔をくしゃくしゃにして、複雑な表情を作って見せた。

「硬さ含めて人気だとしても、『とんでもなく硬いのね』と、万羽さんが言ったんだって。そうしたら……」

土井は拳《こぶし》を握りしめ、空手でやる瓦割《かわら》りの真似をした。

「うっそ……丸山くんが？」

「数枚重ねて一撃し、そのまま黙って出て行ったって」

「……なんで……それはちょっと……どういうこと？」

「わからないから電話してきた。万羽さんはうろたえていたよ」

「そりゃそうよ」

土井は「だよね」と言ってから、キャンカーの後部を解錠した。ドアを開けてステップを下ろし、荷物を積んで集中スイッチパネルを見る。スマホに電話してくる前に、福子は車の通信機器で話をしようとしたらしく、連絡受信ランプが点滅していた。

「たしかに勇くんらしくないよなあ」

そして運転席へと移動した。

清花が買ってきたものを収納している間に、土井がカーナビに目的地をセットする。

「あー……街中だから危惧《きぐ》していたけど、そこも駐車場がない公園だぁ」

ぼやくので、

「近場の大型駐車場をサーチしますか？」

と訊《き》くと、「いや、大丈夫」と言う。

「目的地までは下道含めて三時間程度だ。この時間じゃ着いても聞き込みはできないからね、今夜はサービスエリアで泊まろう……丑三《うしみ》つ時《どき》に公園に着いて、心霊スポットの幽霊に会いたいなら別だけど」

もしも本当に幽霊か雪女がいたとして、どんな報告を上げればいいのだろうと、清花は少し不安に思う。警察官の使命が国民の安心と安全を守ることだというのなら、雪女が出ますと警告するのも立派な仕事のはずなのに、それをしたなら懲罰ものだ。だから事件には犯人が必要になる。そうやって自分は無意識に犯人を追い求めてきた。幽霊や雪女が犯人だって、真実ならばそれでいいのに。

土井のキャンカーは運転席の後ろがダイニングで、夜間はソファがベッドに変わる。脇がキッチンだが、最新鋭の通信機器を搭載するためにスペースを圧縮して一口コンロと小さなシンクがあるだけで、お湯を沸かす程度のことしかできない。最後尾は荷物室と二段ベッドになっていて、そこが清花の寝室だ。土産物は荷物室へ、車内用の食料は冷蔵庫へ、それぞれ収納していると、

「今まで勇くんは、わりとプワプワしたものをお土産に選んできたよねえ？」

運転席から土井が言う。

「なんですか、プワプワしたものって」

そう訊きながらも思い出してみる。

勇が福子のために買ったもの。それはかすみ草のブローチや薄桃色のコサージュだった。ヤマンバではない福子のイメージは、勇にとって優しくたおやかなものなのだ。彼はそんな福子を大切にして、彼女が喜ぶかどうかをお土産選びの基準にしていた。

「ああ……じゃ、岩おこしは丸山くんの心理状態を表していたと？」

「そういうことかなと思ってさ」

土井は小さなため息を吐いた。

勇に対する清花のイメージは、頭がよくて明るくて物怖《ものお》じしない好青年というものだが、反面それは家族がいない環境で他者とうまく関わるために努力して作り上げた性格だったのかもしれない。ストレスを感じたとき、勇には相談したり指示を仰いだりする相手がいなかったのだ。

「丸山くんはいい大人ですけど、でも……万羽さんに甘えていたともいえるんじゃないでしょうか。娘は叱られたがることがあります。親を怒らせるってマイナスイメージだったりするけれど、コミュニケーションの取り方を知らない子供の頃は、叱られてスッキリするって一面もあるんです。叱られて、泣いて、抱きしめられて、自分の居場所を確認するというのかな」

「わかるよ。ぼくも子供を育てたからね。妻を亡くした後は顕著にそういう感じがあった……当然だよな、世界が変わってしまうんだから」

空になったマイバッグを畳みながら、

「たぶん出先で何かあったんですね」

と、清花は言った。

「それで、ボスはどうするつもりです？」

「とりあえず、万羽さんには、勇くんが有休を取る前に見ていた男性のことを調べてほしいと頼んでおいた」

「そうか……思えばあのときも様子が変だったのよ。丸山くんがおやつも食べないなんて」

「うん」

ステップを上げてドアをロックし、移動時にスライドしてくる荷物がないかを指さし点検で確認し、助手席の後ろで清花は言った。

「大阪へ何をしに行ったのかしら」

土井がシートベルトを締めたので、自分の靴を助手席の床に放り投げ、清花は背もたれをまたいで助手席に移動した。

「出発準備オッケーです」

「じゃ、行きますか」

あたりはすでに真っ暗だ。

駐車場を出て高速に向かい、あまり混まないパーキングエリアを探す。移動中に勉にメールして、お土産に買った仙台まる麩《ふ》や乾燥ナメコの写真を送った。桃香のお土産はまだ見つけてないけど、メールを見た桃香の感想が、勉から送られてきた。

――シュークリーム？――

丸くて大きくて茶色い仙台まる麩がシュークリームに見えたらしい。甘辛く煮付けて食べさせたなら、どんな顔をするだろう。義母《はは》が面倒をみてきた桃香は、洋菓子よりも素朴な和風のおやつが好きだ。『帰ってからのお楽しみ』と、勉経由で返事した。飛び跳ねて喜ぶ娘のショットが送られてきて、胸の奥がキュッとする。

「桃ちゃんもこの春二年生だねえ」

運転席で土井が言う。

「幼稚園までが長かった気がしますけど、卒園したらあっという間で驚いてます。言うこともやることも生意気になって、時々こっちが負けそうなのよね」

「別に勝負しなくていいでしょう」

普通車よりは遠い距離から土井が笑った。

キャンカーの距離感が、自分たちにはちょうどいい。空いた隙間に捜査の思考を置いて、それが自在に動ける感じ。思考に遊びがないと、自分はまたも一方的な思い込みで誰かを断罪しそうになるからだ。

トイレと自販機しかない蔵王《ざおう》パーキングエリアに車を停めた。夕食はスーパーで仕入れたずんだ餅《もち》と惣菜《そうざい》の煮物。清花はお湯を沸かして、乾燥ナメコを入れたインスタント味噌汁《みそしる》を作った。勇がいればとても足りない献立だけど、車外で調理ができない場所なので、土井お得意のインスタント麺《めん》はナシだ。質素な夕食の席に着き、向かい合っていただきますと頭を下げると、土井は最初に汁を飲み、

「うわ……美味《おい》しいなこれ」

目を丸くして、

「乾燥なのにしっかりナメコってるね」

と、妙な言い方をした。

「今どきのフリーズドライってすごいんですよ」

乾燥キノコの大きさ自体がものすごい。しかもきちんと『ナメコっている』。これはお土産に買って大正解。あまり得意ではないずんだも旅先で食べたら美味だった。そう枝豆は塩ゆで、という先入観を取っ払ってしまえば、土地の滋味を感じる味だ。そういえばチョコレートと思ったパンは羊羹《ようかん》で、夫婦で旅行に来ていた唐洲が連れていたのは奥さんじゃなかった。なんだろう……清花は胸に引っかかるものを感じた。

「勇くんはさ……」

唐突に土井が言う。顔を上げると、里芋の煮物を自分の皿に取りながら、土井はあの大きな目をチラリと清花に向けてきた。

「保護されたのが兵庫でさ」

だからなんだと言うのだろう。問いかける代わりに眉根《まゆね》を上げると、

「大阪は隣だろ？」

清花はさらに小首を傾げた。

「彼が受験してきたときに、ぼくは警察学校の教官だった。サーちゃんもわかっていると思うけど、警察官は身上調査がありますよねえ？」

警察官になる人間がカルト集団や反社会的組織とつながっていてはまずいので、採用試験を受けた場合は、本人だけでなく周辺に怪しい者がいるかどうかもチェックされるのだ。ずんだ餅を箸《はし》でちぎろうと苦戦しながら、清花は土井の話を聞いていた。

「前にも言ったけど、勇くんは施設育ちだ。その後はバイトしながら国立大を出て、警察官に応募してきた。心証はよかったし、警察官にならなくても、どこでもやっていけるタイプの若者だった。でも、本人は警察官を希望した」

「たしかに……蝶《ちょう》の研究者でもよかったのに」

笑ってくれるかと思ったのに、土井は真面目な顔をしている。

清花はテーブルの下でグミを出し、梅味を一粒口に含んだ。

「ただ、調べると彼は少し特殊だったんだよね」

「特殊って？」

「素性が謎」

土井はひとこと言った。

「様々な事情で親が子供を育てられなくなって、施設に預けることがある。もしくは虐待で保護されて親元から引き離されるとか……そういう場合も親の記録は残るよね？　でも、勇くんはそうじゃなかった。あんな時代に、捨て子だったんだよ」

清花は胃のあたりに痛みを感じた。人当たりがよく飄々《ひょうひょう》としていつも明るいお祭り男は、誰でも家族のようになれるから祭りが好きだと言った。祭り好きだった父親の影響でもあると。そんな彼と『捨て子』のイメージは乖離《かいり》していた。清花自身はなんとなく、父親が死んで施設に預けられたと思っていたのだ。

里芋を食べて汁を飲み、ずんだ餅に手を伸ばしながら土井が言う。

「彼の戸籍は施設に置かれ、両親の名前は空欄だった。ぼくは施設に行ってみた。最寄り署でも経緯を調べた。わかったのは、歳や名前は彼が自分で言ったもので、勇という字も本人がたどたどしく書いたものから類推して、施設長が漢字に置き換えたものだったということだ」

「……どこに捨てられていたんですか……保護施設？」

「病院だよ。兵庫県内の子供病院だ」

「病気だったんですか？」

「そうじゃない。いつか何かの役に立つだろうと思って、今も忘れずにいるんだけどね、勇くんは、平成十二年七月二十七日の夜、病院から警察に電話があって保護されたんだ。自分で年齢を四歳と告げたが、住所については言えなかった。お父さんとお祭りを見に来たと言い、父親が戻ってくるのを待っていた。通っている保育園や幼稚園の名前は知らないと答えた……通っていなかったのかもしれないけどね。病院へはお父さんと来て、かくれんぼをしていたと……実際、夕方になってから、移動ベッドの下で眠り込んでいた彼を看護師が見つけたんだよ。手紙などは持っていなくて、着衣は量産品だったけど清潔で、虐待などの痕跡《こんせき》はなかった」

「本当に置き去りでしょうか。何かの事情で迎えに来られなかっただけとか」

「地域課へ行って当時の担当官から話を聞いた。当然ながら調べたそうだ。院内カメラにはロビーへ入ってくる親子連れの姿が写っていたけれど、足取りを追うことまではできなかった。父親がカメラを見上げた瞬間の映像を写真にしたものが保存され、施設と共有してあった。写真を見せたら勇くん自身もお父さんだと答えたらしい。ただ父親は見つからなかった。名乗り出てもこなかった」

「父親はどこに」

「そこですよ」

と、ずんだ餅を食べながら土井は言う。清花にも思い当たることがある。

「ボスはあの日……手分けして凍死者を調べた日、丸山くんがプリントアウトしていた男性が父親だったと思うんですね？」

ＦＦヒーターを修理して、車内は相応に暖かいのに、清花は心が冷える気がした。その男性は大阪市内の二畳程度のアパートで、布団の中で凍死していた。もしもそうなら、あれが丸山くんの父親だったら……清花は唇を嚙《か》みしめた。

「素性のわからない人物を警察官に推すことはできない。だからぼくが勇くんの身元引受人になったんだ。誰よりも資質があると信じたからね」

と、土井が言う。だからか。だから目立った疵《きず》のない彼が班の連絡係に抜擢《ばってき》されたのか。警察学校時代の教官が土井だったことは本人からも聞いたことがある。土井はその後もずっと、陰日向《かげひなた》から彼を見守ってきたわけだ。

ブー、ブブー……と音を立て、土井のスマホがテーブルの上を滑り始めた。慌てて取って耳に当て、「万羽さんだ」と囁《ささや》いてから、

「うん。大丈夫、もうパーキングに停めているから」

そして清花に「リモートで話したいって」と告げた。

清花は素早く席を立ち、通信室の扉を開けた。電源を入れ、専用のモニターを立ち

上げる。スマホで話しながら土井も来て、

「じゃ、そっちで」

と、通話を切った。数秒後、通信室のモニター画面に福子が浮かんだ。

時刻は二十二時になろうとしていた。

――清花ちゃん、お疲れ様――

と、福子は言った。

「万羽さんこそ。メチャクチャ残業じゃないですか」

キャンカー内の通信室は狭い。デスク下の隙間に収納してある椅子を引き出し、清花は土井を座らせた。自分は彼の後ろに立って、画角に入るよう腰をかがめる。福子は自分のデスクにいるが、岩おこしをカメラに向けて苦笑している。

――二人の分はとっておくけど、中身は割れているからね――

「歯が欠けなくてちょうどいい」

土井が言うと、美味しかったわよ、と福子は答えた。

「丸山くんはその後、どうですか？」

――瓦割《かわら》りして出てったままよ。こちらの進捗《しんちょく》状況は伝えてあるけど、どうする？　土井さん――

福子は返答を待たずにキーを操作し、別画面を見ながら「ちなみに」と言った。

——彼がプリントアウトした凍死体について、所轄署にはやっぱりデータがなかった。ご遺体のその後を追ってみたけど、所轄と提携しているお寺の無縁墓地に入ったみたい。残されたのはご遺体から描き起こした似顔絵と身体的特徴、持ち物の写真だけで、身元の特定につながりそうなものは一切ないのよ。それがむしろ不思議なくらいね——

「そうか……わかったよ」

と、土井は答えた。福子は話に区切りをつけるように一瞬だけモニターを見ると、視線を逸《そ》らして先を続けた。

——では次に、郡山の公園で亡くなった女性、宮藤公子《くどうまさこ》について。彼女は以前に売春がらみで書類を送られてたわ。でね？　売春は生活安全局の仕事になるから、勇くんに調べてもらうのがいいと思うの——

福子はこんな時間まで、勇が土井と合流できる理由を探していたのだ。

「売春で？」

と、土井が訊《き》く。

「でも、宮藤公子は整体店の経営者でしたよね」

清花も言うと、福子はドヤ顔を見せながら、

——整体店の経営は亡くなる前の数年で、それより前は仙台でスナックを経営して

いたの。店を拠点に売春行為があったらしくて、常連客が騒ぎを起こして閉店している。地元紙の記事があったから送っておくけど、たいしたことは書いてないから、これも勇くんに調べてもらって——

人差し指を真っ直ぐに立て、やや俯《うつむ》いてキーを押す。

通信室のパソコンに福子からファイルが送られてきた。

——それで気がついたんだけど、釧路湿原で亡くなった男性の会社も仙台よねぇ？もしかしたら、そこに接点があるかもしれない。引き続き岩手のスキー場で遭難した人の経歴を追いかけてみるけれど——

福子の言葉にゾクゾクしてくる。

もしかして、三人は仙台で接点があったのだろうか。

「わかった。情報が入り次第連絡頼むよ。あと、ぼくもメールを入れておくけど、万羽さんからも勇くんに詳細を伝えてもらえないかな。先《ま》ず仙台へ行って管轄署で売春および傷害事件のことを調べてもらって欲しい。後で彼をピックアップする」

——りょうかい——

と、福子はニッコリ笑い、直後に画面から消え去った。

福子が見つけた事件の記事は十五年も前の地元紙からのピックアップで、内容は以下のようなものだった。

【木刀を持ってスナックに殴り込んだ男を逮捕・贔屓《ひいき》のホステス救おうと】

5月8日、宮城県仙台市にあるスナック愛理《あいり》に木刀を持った男（45）が押し入り、家具や什器《じゅうき》などを壊した。器物損壊および傷害の疑いで逮捕されたのはこのスナックの常連客で、暴行を止めようとした別の客を殴って全治一週間のケガを負わせた。事件は通行人が110番通報したことで発覚。警察の調べに対し男は容疑を認め、「贔屓のホステスが売春を強要されて店に怨《うら》みを抱いていた」と自供している。警察は事件の経緯について捜査している。


「どーでしょう……なかなかキナ臭くなってきましたね」

モニターを見つめて土井がつぶやく。

清花は刑事の勘と嗅覚《きゅうかく》が『いけ！』と自分に言うのを聞いた。

第五章　知らせ屋の女将《おかみ》

翌朝。パーキングエリアのトイレで顔を洗わせてもらって車に戻ると、コーヒーの素晴らしい香りが車内に立ちこめていた。キャンカー捜査の楽しみは、何と言っても土井が豆を挽《ひ》いて落としてくれるコーヒーで、三杯くらいおかわりしたいと思うけど、飲めるのはマグカップ一杯だけだ。

フィルターの粉がスフレのように膨らむ様子を横目で見ながら、清花は朝食のパンを準備した。ずんだ餅《もち》を買ったスーパーでみつけたのは『ピーナッツクリームサンド』で、ポップに『気仙沼パン』の文字を見たとたん、迷わずカゴに入れたのだった。

スペースが限られるキャンピングカーでは、動線が重なってしまうと混乱を招く。最初は勝手がわからなかったが、出張を重ねるごとに互いの動きが把握でき、スムーズな対応ができるようになった。通路に誰かが立つときは、別の者が座るか、脇へとよける。その場に誰かがいるときは、物の移動を手渡しでする。

清花と勇と土井の旅では、互いの動きが申し合わせたように流れていく。それを見るのも動くのも、清花はなんとなく気に入っている。

コーヒーから白く湯気が立つ。粒状の湯気の隙間に見えるコーヒーは、ぼんやりと外部の光を映し込む。誰であれ、この飲み物を伝えた人に感謝をしたい。

「じゃ、いただこうか」

と、土井は言い、コーヒーより先にパンの袋を破った。

清花は必ずコーヒーからだ。土井のコーヒーを飲むようになってから、家でもドリップパックに変えてはみたが、なかなかこういう味にならない。陶器ではなくチタン製のマグカップで飲んでさえ、どうしてこうも美味しいのだろう。

「気仙沼パン工房のはコッペパンなんだよ」

パンをかじりながらコーヒーを飲み、続けて言う。

「前はただの『クリームサンド』だった気がするなあ。牛のマークがついていて、てっきり白いクリームが入っていると思ったらピーナツクリームで、驚いた記憶があるけども、これとどこが違うんだろう」

考えながら食べている。

その言葉について清花も考えていた。クリームと思ったらピーナツで、チョコと思ったら羊羹《ようかん》で、奥さんと思ったら愛人で、雪女と思ったら……なんなのだろうと。

ふわふわのコッペパンには分厚くピーナツクリームが塗ってある。旅に出ると、こんな素朴なパンばかり食べても幸せを感じる。

「丸山くんとは連絡とれました？」

訊くと土井は頷《うなず》いた。

「新幹線だと二時間弱だからね、そろそろ東京を出る頃じゃないかな。先に仙台でスナックの事件を調べて、それから郡山へ来るそうだ。あとは連絡を取り合いながら、どこかで彼をピックアップする」

「様子はどうでしたか？」

いや別に、と土井はつぶやき、

「普通だったよ」

と、清花に言った。

この調子だと、瓦《かわら》割りを見て福子が心配していたことは本人に伝えていないようだ。勇を案じる気持ちとは裏腹に、彼が捜査に加わること自体はワクワクする。人を高揚させる魅力を持っている彼が、菓子に一撃を加えたなんて。

清花はそこに叫びを感じる。

午前九時少し前。出発の準備を終えて、件《くだん》の公園近くで大型車を停められる場所をサーチした。移動時間は一時間強。勇のほうが先に着くかもしれない。

車がパーキングエリアを出発すると、清花は捜査手帳を出して膝《ひざ》に置き、スマホを使って鑑取り捜査の準備を始めた。

二年前に郡山市の公園で凍死した女性は享年四十八で、大量に酒を飲んでいた。警察の見解は事故死で、経営していた整体店は赤字だった。整体店の名前は『MASAK』で、これは本名の『公子《まさこ》』からきているようだ。整体店以前に経営していたスナックは『愛理』で、その名でサーチすると福子が送ってくれた記事がヒットした。店舗情報はすでにネット上から消えていて、元あった場所もわからない。傷害事件を起こした男性の名前は公表されていないが、それは福子に警察の共有データをサーチしてもらえばわかる。

清花は捜査手帳に『傷害事件・犯人』と書き込んで、福子にメールすることにした。

「万羽さんが送ってくれた記事ですが、傷害事件がきっかけとなって売春が明るみに出たため、店を閉めたということでしょうか」

土井に問いかけると、「たぶん」と答えた。

「では、事情は加害男性に聞くのがいいですね。万羽さんに所在を調べてもらいます。もしかすると郡山の整体店でも同様のサービスをしていたのかもしれないし」

「死亡した経緯と関係あると思ってる？」

「可能性は、あるかもと」

「うん……だよね」

土井は軽く頷いて、

「死んだ女性経営者がヤバい筋とつながっていたかと問われれば、そうかもしれない……ただ、ヤクザならもっとストレートなやり方をすると思うんだ。事故死や自殺に見えるような面倒臭い手は使わない」

「まだ犯罪死と決まったわけでもないですしね」

「うん。ぼくらだって、今は不思議だから調べているというだけで、もしも痣《あざ》を持つ三人に接点がなければ、この件はそれで終了かもね」

あんなに頑張ってくれているのに終了なんて……福子がヤマンバにならなきゃいいけど。清花はそう思ったが、冗談でも口にはできない。それほどに福子のキレっぷりは凄《すさ》まじいのだ。前にヤマンバ化したときは勇がおでこにでっかいコブを作ったが、あれが貧弱な土井に向かったら、きっとバラバラにされるだろうな。

糸の切れたマリオネットのような土井を想像し、清花は俯《うつむ》いてこっそり笑った。

福島県郡山市に到着すると、大型車を停められる駐車場に車を置いて、心霊スポットと噂される公園に向かった。

時刻は午前十一時ころ。勇からはすでに仙台の所轄署へ向かうと連絡がきていて、十八時を目安に落ち合う段取りにした。

晴天とはいえないまでもどんよりとした雲が晴れ、ときおり日差しが覗《のぞ》く日であった。宮藤公子が死亡した公園は街のど真ん中にあり、細長い貯水池を分断する道路の両側が、それぞれ別の公園として機能していた。水辺に植えられているのは桜で、満開の頃は多くの市民で賑《にぎ》わいそうだが、ところどころに雪が残るこの季節は、鬱蒼《うっそう》と枝を張る木々の暗さに一種独特の寂寥《せきりょう》感があった。公園といってもメインは散策用の遊歩道で、貯水池を残すために周辺整備をしたイメージがあり、池にかかる橋のほかに目立った施設は案内板とトイレくらいのものだった。

スマホに保存してきた死亡記録の地図を見ながら、清花と土井は遊歩道を行く。

冬場は貯水量が少なくて、畔《ほとり》から数メートル先までがヘドロのようになっている。浅い水たまりに鳥が遊んで、ヘドロからなにかをついばんでいた。

「宮藤公子が倒れていたのはあのあたりですね」

地図に照らして清花は言った。そこは水際へ向かって落ち込むなだらかな斜面で、巨木が一本生えており、その木だけ他より池の近くへはみ出していた。

遺体発見時の写真と見比べながら、

「そうみたいだね」

と、土井が言う。

宮藤公子は上体を幹に委《ゆだ》ねるかたちで絶命した。体にも地面にも雪が積もっていたが、遺体の手のあたりに特徴的なかたちの根っこが突き出しており、その形状が目の前のものと同じであった。

土井は遺体があった場所に立ち、そこから上方を仰ぎ見た。地面は水に向かって下り坂だが、さほどの勾配《こうばい》ではない。その木以外にも細い木々が林のようになってはいるが、すべてが落葉樹で枝を透かして景色が見える。坂の上が遊歩道。さらに坂を上がると公園を囲む道路を車が通過し、道路の奥にはマンションなどが建つ。一服するためベランダに出て白いものを目撃したという証言者のマンションもそこにある。

街灯の位置を確かめてから、

「まあ、見えなくはないのか」

と、土井がつぶやいた。こちらからベランダが見えるのだから、白い何かも見えたのだろう。対して死体は池の窪《くぼ》地と大木が邪魔して見えそうにない。

「なるほど。だいたいわかった」

と、土井が言う。

「桜の季節や昼間はともかく、夜はかなり暗いだろうし、心霊スポットなんて言われたら、物好きしか寄ってこないだろうし」

「そういう噂が好きな人って、自殺者が出ても犯罪が起きても心霊がらみの理由をつけて面白がるんでしょうね」

吐き捨てるように清花は言った。

幽霊や雪女がいてもかまわないけれど、死者は生身の人間だったのだから、怪談話の元ネタみたいに扱われたら、遺族がどれほど傷つくだろう。

「宮藤公子が経営していた整体店ですが、郡山駅の近くにあったようです。来るときネットで調べたら、店の古いデータがまだ消されずに残っていました。それか、誰かが経営を引き継いだのかもしれないけれど」

「行ってみようか」

土井と一緒に公園を出た。

地図アプリで検索すると、交通アクセスが悪いようで、郡山駅までバスを使って約二十分、徒歩でも三十分程度とわかった。迷うことなく徒歩で行く。

知らない街を調べる場合は歩きながら見聞きしたものが閃《ひらめ》きを生むことがある。文化通りと名のつく通りを駅へ向かった。真っ直ぐで広い一本道だが、道路脇に商業施設と一般住宅が混在していて、空があまりに広かった。こういう空を見ると地方都市へ来たなと思う。歩道にほとんど雪はなく、それだけでずいぶん歩きやすい。公園も多く、人々の動きは穏やかだった。

その整体店は、駅に近い商業ビルの裏手を通る小路《こうじ》の一階にまだあった。周辺には昭和の面影を残す飲み屋街もあるが、そちらはもはや取り壊しを待っているような佇《たたず》まいだった。風化した建物に電飾サインが突き出して、それがなんだか現役のようで、白昼夢を見ている気にさせる。『MASAK』整体店があるのはそうした小路の入口近く、表通りに面してコンビニなどが入ったビルの真裏だ。

壁面に派手な色合いの料金表がくっついているので、やはり営業しているらしい。入口はドア一枚の狭さで窓もなく、内部の様子はまったく見えない。時刻は昼少し前、営業時間中ではあるようだ。遠目に店を眺めつつ、土井は清花を振り向いた。

「ここはぼくが一人で行くよ。ちょっと時間がかかるから、サーちゃんは駅前で桃ちゃんのお土産を見ているといい」

ボサボサ頭に無精髭《ぶしょうひげ》、どこから見ても警官には見えない風貌《ふうぼう》の土井が言う。清花は彼の思惑を理解して、

「わかりました」

と、素直に言った。

「済んだらメールで呼んでください。駅の近くにいますから」

土井は軽く頷《うなず》いて清花と別れた。

駅ビルと近くのショッピングモールをザッと歩いて、桃香のために起き上がり小法《こぼ》師《し》と、赤べこのキーホルダーを買った。

小法師はひとつひとつ顔が違うので、選ぶのにずいぶん時間を要し、気に入って捨てがたい品を三つも買ってしまった。ベーカリーではクリームボックスなる謎の商品を見つけて購入した。その後はカフェに陣取って、ネットの情報をサーチした。

首に三つの痣が残る殺害方法は見つからず、偶然凍死させるなどというやり方も荒《こう》唐《とう》無《む》稽《けい》で想像がつかない。三名の死者につながりがなければ調査を終えると土井は言ったが、清花もまた潜入捜査班の空振りを初めて経験するのではと考えていた。

万が一彼らの何かがつながったとしても、どうして全員をまんまと凍死させられるだろうか。それができるとするならば、

「やっぱり雪女か幽霊ってことになる」

ため息を吐いたとき、土井から連絡が来た。

落ち合う場所を訊《き》いてきたので、清花はカフェの位置を送った。ついでに、

「何か食べますか」

と訊《たず》ね、土井と自分の昼食をオーダーした。旅先では地元のおばちゃんがやってい

るような食堂のメニューが恋しくなるが、オシャレなカフェではそうもいかず、ランチパスタを頼んでおいた。

一人分が出てきたところで土井が到着し、向かいに座ってこう言った。

「待たせたね」

「どういたしまして。おかげでお土産買えましたし」

クリームパスタにサラダとコーヒーがついたセットを見ると、土井はナプキンで手を拭《ふ》きながら、

「ひゃあー……お腹が空《す》いたぁ」

と言って笑った。清花の分がくるのを待って食事を始める。パスタを大量に巻いて口に入れ、時々口元を拭《ぬぐ》いながら、

「何を買ったの？」

と、訊いてくる。そうしてすぐにまた言った。

「桃ちゃんのお土産」

「ああ、親指くらいの起き上がり小法師と、赤べこのキーホルダーです。ちょっとだけ首が動くヤツ」

いいねえ、と土井は言い、皿を見ながら声をひそめた。

「あの店は、ママが死んだ後、従業員が経営を引き継いでいた。今はもう『そういう

こと』はしてないと、すごい剣幕で怒鳴られたよ。二重経営をしていたようだ」

「二重経営とは？」

「整体師がやる整体と、別スタッフによるサービスと、表と裏があったってこと」

「……やっぱり」

土井は頷いて水を飲む。

「今の経営者は台湾の子で、賃金の未払い分含め居抜きで店を手に入れたってさ。知らん顔でママを指名したら、『ママのお客か？』と訊いてきた。『ママ死んだ。女の子、もう売らない』と言っていた」

清花も深く頷いた。

「以前は整体部屋の奥にもう一部屋あったらしい。別に出張サービスも」

「ずいぶん稼いでいたんでしょうか」

「どうだろう。店賃の滞納もあったそうだから、左団扇《ひだりうちわ》というわけでもなかったようだ。ママは浪費癖があり、ホストクラブにつぎ込んでいたと」

サラダボウルを引き寄せて、土井はその先を続けた。

「整体店の周辺に何軒かクラブがあったけど、そのひとつに通い詰めていたらしい。ちょっと様子を見てきたら、明朗会計で歌舞伎町《かぶきちょう》のような感じではなかった。料金表の通りなら、どんなに使っても一晩でせいぜい数万円。裏料金があるのかどうか……」

上目遣いに清花を見る。

「店のオープンは十九時だ。ここはサーちゃんの出番でしょう」

「……え」

まさかそういう展開になるとは思わず、清花はささやく。

「私、こんな服ですよ」

「大丈夫」

と、土井はニッコリ笑った。

「サイアク身分証を出していいから開店前に聴取して。まだお客が来ないうちにね……相手に後ろ暗いところがなかったとしても、ああいう店に男が行くと先方が身構えちゃって、聞き出せることも聞けなくなるし」

清花は神奈川県警の刑事だったときに、本庁の手伝いでホストクラブの立ち入り調査をしたことがある。都心の店舗が総じてギラギラしていたのに対し、宮藤公子が通い詰めていた店は、ホストの写真を掲示してある以外は普通のスナックという雰囲気だった。メニューよろしく飾られたスタッフ写真をスマホに収め、ジーンズにジャンパー、ブーツという出《い》で立ちのまま、清花はドアをノックした。

飲み屋ばかりが入った商業ビルの四階である。入口ドアの脇に貼られたポスターは、メイクと画像処理で十代のアイドルのようになったスタッフたちが微笑んでいる。宮藤公子は享年四十八だったなと、清花は美しい青年たちの写真を眺めて自分に言った。先入観は捨てるのよ。聞き込み相手にも先入観を与えちゃダメよ。店の女の子に売春をさせていたとしても、浪費癖があってホストクラブにお金をつぎ込んでいたとしても、それは宮藤公子の一面でしかない。そして彼女はもう自己弁護できない。

この時間は開店前だ。返答がないのでノブを握ると、すんなり開いた。

狭い間口から奥へ広がる店内は、ゴールドの絨毯《じゅうたん》が敷き詰められて黒革のソファと黒御影石《くろみかげいし》のテーブルが置かれ、壁は暗い色のスモークミラーで柱は黄金、スタイリッシュなシャンデリアの下がった天井は黒だった。

フロア照明は落としてあったが、カウンターと厨房《ちゅうぼう》には明かりが点《つ》いている。

「こんばんはー。すみませーん」

声をかけると誰かが「はーい」と返事をし、ややあって、紫色の長い髪をした青年が出てきた。ピンピンと頭頂部に立っている髪はしっかり固められて揺れもしない。彼はラフな服装の清花を見るとニッコリ微笑み、

「ごめんね。開店は七時なんだ」

と、甘い声色でささやいた。

それはよくわかっている。開店前に来たのは店がゲストに見せる夢を邪魔しないためだ。青年は体が細く病的に色白で、切れ長の目は下瞼《したまぶた》に涙袋が描かれている。

「こっちこそごめんなさい。ゲストじゃないの」

清花は彼に調子を合わせ、優雅に身分証を呈示した。

「やーだ、警察ぅ？」

とたんに相手は素の声になって口を覆った。

「うちは悪いことしてないわよ」

「いえ、そうじゃなく」

彼は小指を立てて厨房を振り返り、

「店長、店長ーっ」

と、バックヤードに向けて叫んだ。

「警察だって、ちょっと来てーっ」

そんなに狼狽《うろた》えなくても、と思うけど……だから土井は外にいるのだ。本物の聞込みならば女が一人で来たりはしない。万が一客に見られても迷惑がかからないよう配慮したのに、身分証を出せばやっぱりこうなる。

呼ばれて厨房を出てきたのは清花より少し年上の男性で、黒のタートルネックに金鎖を下げ、グレーのジャケットを羽織っていた。値踏みする目で清花を見ると、落ち着いた仕草で頭を下げて、ニヒルに微笑みながら紫の髪の青年に言った。

「涼雅《りょうが》は王司《おうじ》を手伝って」

源氏名だろうと思う。店長はスマートな身のこなしで清花を奥のソファへ誘《いざな》い、消えていたフロアの照明を点けた。シャンデリアが金色に輝き始め、間接照明がスモークミラーを紫に照らす。一瞬にして魔窟《まくつ》に入り込んだ雰囲気になる。

カウンターでグラスに水を注いで氷を入れると、店長はそれを持って清花の許《もと》へやってきた。コースターにグラスを載せて目の前に置くと、上着の裾《すそ》を華麗にさばいて斜め向かいに腰掛ける。

「店長の小森《こもり》です。ここでのネームは赤井《あかい》――」

やや間を置いて、

「――宙《そら》です」

と、清花の反応を待つ。

「赤い空？　すてき」

ゲストのように反応すると、

「夕焼け空が好きなので」

と、すまして答えた。あまり遊んでもいられないので、

「特捜の鳴瀬清花です」

清花は背筋を伸ばして身分証を呈示した。

「何かお話があるそうで？」

「お店がどうこうという話ではありません。実は……」

ジャンパーの内ポケットから写真を出して店長に渡す。それは宮藤公子の生前写真で、所轄の記録からピックアップしたものだ。免許証の写真なので普段の雰囲気とは違うかもしれない。だが店長は、「ああ」と言った。

「宮藤様ですね」

「ご存じですか？」

彼は写真を清花に戻して頷《うなず》いた。

「でも、宮藤様は亡くなりましたよ」

わかっているという顔で清花は続ける。

「こちらの常連だったと聞いています」

「ですね。当時は毎週のようにいらしてました」

「どなたか贔屓《ひいき》のプレイヤーがいたんでしょうか」

「まあ……主にフォローしていたのは私ですが、宮藤様はどちらかというと若い子が……というか、新しい子がお好きだったので、指名する相手はまちまちでした」

「月にどのくらい使っていたか、教えて頂いてもいいですか？」

店長は小首を傾げた。

「どうだろう……うちは時間制で二千円から三千円、指名も同様の金額で、最初の一時間が無料になるチケットをお渡ししたりしていますから、特別なことがなければ」

「特別なこととは？」

彼は眉尻《まゆじり》を下げて笑った。

「プレイヤーの誕生日にケーキをご注文頂くとかですね。ゲストのために店が用意するケーキや花束はサービスですし、シャンパンタワーや、高額な酒を無理に入れさせるようなことはしません。そんなことをすれば店はすぐに潰《つぶ》れます。ですから、一晩遊んでも一万円から二万円程度ってところです。毎週来ても八万円、多い月でも十万とか、その程度だったと思います」

都心のホストクラブのようなぼったくりはないってことだ。

清花は彼の目を見て訊《き》いた。

「宮藤さんが亡くなった経緯についてご存じですか？」

「自殺と聞いていますが、違うんですか？」

「それは誰から」

「誰って、公園で亡くなっていたとニュースになったし、あとは、まあ、噂ですかね」

「どんな噂？」

ほかに客もいないのに、店長は声をひそめた。

「お店の経営が傾いていたという……これは後から聞いた話ですけど」

「こちらの支払いは？」

「きちんと頂いていました」

「宮藤さんはいつも、どんな話をされてましたか」

「どんなって……こういう店で個人的な話はしませんよ。わーっと騒いで、時間になったらお見送りするという感じでしたが。宮藤様は、こう……」

少し視線を泳がせて、

「ハントに来ているイメージで」

「ハントってなんですか？　すみません。事情に疎くて」

知らない振りで訊いてみる。相手はまたもニコッと笑った。

「お持ち帰りと言えばいいのかな。閉店まで粘ればできなくもないので、若い子はそれなりに警戒していましたね。うちはそんなに時給がよくないし、外での飲食はホスト持ちですし、稼ぎに来て持ち出しになるとかイヤですからね。ホストは楽して稼ごうとしているように見られがちですが、昼夜問わずにがんばって働いてる子が大半で、みんなけっこう苦労人なんですよ」

清花は大きく頷いた。

「では、宮藤さんとお付き合いがあったスタッフはいないんですね」

「ですね。あ、でも、そういう意味で言うのなら……」

彼はチラリと天井を見上げ、

「あれっていつ頃でしたっけ？　宮藤様が亡くなったのは」

清花は捜査手帳を確認した。

「二年前の一月中旬です。十五日の金曜日、亡くなったのが翌未明」

「そうか……その晩はうちへ来ていたかもな」

「この店へ、ですか？」

大量の飲酒をした場所がここであっても不思議ではない。

「あー……うん。一月のその頃は成人式を迎えた子たちが結構来るんですよね。店も混雑するので、うちもプレイヤーを急募して……ああ、そうだ。宮藤様は見習いの子が気に入って、しつこく迫っていたと思います。言っちゃなんだけど結構押しが強いタイプで、懲りさせちゃって、その子もすぐに辞めたんだよな」

それから清花を見て笑う。

「見習いスタッフを募集すると、冷やかしやその場限りのバイト代稼ぎで来る子も多いわけですが、その彼は体験ホストから二週間ってところだったんですよ。きれいな顔でファンがつきそうだったんですけど、それっきり音沙汰《おとさた》なしで」

音沙汰なし？　清花は店長の顔を覗《のぞ》き込んだ。

「どんな子ですか？　名前は？」

「いやあー……二年も前だし……ああ、でも……」

やおら立ち上がって厨房《ちゅうぼう》のほうへ行く。

「王司さ、整体店の宮藤さんが来てたころ、成人式のスタッフで、見習いやってて辞めちゃった子がいたよな？　オバサンに言い寄られてバックレた……あれ、なんて名前か覚えてる？」

厨房で「あー……」と声がして、あとはゴニョゴニョと会話が聞こえ、やがて店長がスマホを持って戻ってきた。

「あったあった。ありましたよ。涼雅が写真を持っていました。あいつは美少年好きで新人の写真をコレクションしてるんで」

そしてスマホを清花に見せた。

スモークグレーの鏡をバックに、吸い込まれるような瞳《ひとみ》の少年が写っていた。脇に貼られたポスターと見比べて、身長は百七十センチ前後というところだろうか。ほかのホストのような濃いメイクではないが、本当に人間なのだろうかと思うほど整った顔立ちをしている。

「きれいな子でしょ」

と、店長が言う。

「新人のメイクとスタイリングは涼雅が担当してるんですよ。作ったあとに写真を撮るのがあいつの趣味で……」

話していると紫の髪の男がカウンターに現れて、

「そうだけど、その子はあまり触らせてくれなかったよ」

と、言った。

「やったのはスタイリングだけで、メイクは自分でやっていた。慣れてるからって……でも、ユルユルのニットにしたのは似合うでしょ」

男らしさでなく少年らしさをアピールする作戦は成功していると、確かに思う。

「物怖《ものお》じしない子で、客あしらいも上手《うま》かったですよ。源氏名にこだわりはないと言うんで、涼雅が『葵《あおい》』と名付けて店に出したんですが」

「この子、何歳？」

「やだなあ。未成年じゃないですよ、履歴書は二十四歳だったかな」

「本名は？」

「山田剛《やまだたけし》よ」

カウンターから涼雅が言った。

「オバサンに迫られたのがショックで店に来なくなっちゃったから、店長命令でアパートを訪ねたの。そしたらマンスリーマンションで、解約したあとだった」

「いいプレイヤーになりそうで、期待してたんですけどねえ」

店長は苦笑している。

「バイト料は？　取りにきた？」

「いえ。来ませんでした」

「この写真、撮らせてもらっていいかしら？」

清花はデータをやりとりせずに、自分のスマホでスマホを写した。確認すると画像はきれいに撮れていたので、ホストたちに礼を言って店を出た。

ビルの階段を下っていくと、通りで何人かの女の子たちが、ウインドウに自分を映して身だしなみをチェックしていた。たぶん開店を待っているのだ。どの子も勝負服に身を包んでいる。明朗会計のホストクラブは、少しだけ頑張れば足を運べる異世界なのだ。そこで働く者たちも昼夜問わずにがんばっている子が大半で、みんなけっこう苦労人なんですよ、という店長の言葉が耳に残った。

チラチラと雪が舞い始め、夜の光があたりを照らす。

ビルからそう遠くない繁華街のコンビニで、土井は清花を待っていた。

ウインドウ越しに姿を確認して通りを渡ると、黒いコートの勇がレジにいた。そうか、勇も新幹線で到着したのだ。

土井が顔を上げたので手を振ると、彼は勇に声をかけて外に出てきた。カゴを持ってレジにいる勇もこちらに顔を向け、微《かす》かに白い歯を見せた。

「お疲れさん」

と、土井が言う。

「どうだった？」

「優良店でした。宮藤公子は店に貢がされていたわけでなく、多い月でも十万円程度の支払いだったようです。特定の『推し』はいなくて、新人の若い子目当てに通っていた……言い方が悪いけど、宮藤公子にとってホストクラブはハントの場だった可能性があります」

ポケットからスマホを出すと、清花は画像を呼び出した。

「ひとつだけ気になることが」

そこへ勇が店を出てきた。

「ども、清花さん」

レジ袋を下げたまま、二の腕辺りに体当たりしてくる。

「お疲れさま」

と、清花は短く答えた。

「ホストクラブ、どうでした？」

勇はニヤニヤと作り笑いをしながら、

「肉まんと缶コーヒー買ってきました」

と、レジ袋を持ち上げた。

「寒いから、あったまりながら車まで戻りましょう」

「タクシー使ってもいいんだけどね、勇くんが歩きたいって」

コンビニに出入りする人の邪魔にならないよう歩き出しながら、清花は見習いホストの写真を表示したスマホを土井に渡した。

「誰？」

と土井は訊《き》く。

「裏はとれていませんが、宮藤公子が死ぬ前に酒を飲んだのがあの店だったのではないかと……そのときのプレイヤーがその少年です」

「プレイヤー？」

「ホストのことっすね。最近はそう呼ぶ店も多いんで。ま、ホストクラブで買えるのは疑似恋愛だと割り切る意味でも、いい呼び方だとは思います」

「気になったのは、その夜を限りに少年が姿を消していることです。店に来てまだ二週間程度ということでした。でも、バイト代も取りに来ていない。住まいは短期賃貸型のマンスリーマンションで、同僚が様子を見に行くと、もういなかった」

「怪しいっすね」

勇もスマホを覗き込み、「ん？」と唸《うな》って手に取った。

画面を拡大していきながら、熱心に写真を見つめている。

「どうした？」

土井が訊くと、勇はスマホを彼に返して、「うーん」と唸った。

「なんか……一瞬、どっかで見たような気がしたんですけど」

「知ってる人かい」

「や……そうじゃなく……」

「芸能人かしら。子役とかで見たことがある？　私はないけど。それかSNSかしら」

「そういう……うーん……そうかもなあ」

「万羽さんに写真を送って頼んだら、照合できたりしませんか？」

スマホを引き上げながら清花が訊くと、土井は答えて苦笑した。

「や。そう簡単にはいかないよ。凶悪事件の被疑者ならともかく、警察のデータには犯罪歴がある人物しか載っていないし、SNSにどれほど膨大なデータがあるか考えたらさ……」

「まあ、確かにそうですね」

「ヤマンバ案件はキケンっすよ」

勇はレジ袋に手を突っ込むと、湯気の立つ肉まんを清花にくれた。土井にも渡して、次には熱々の缶コーヒーを配り、ポケットに入れろとジェスチャーで示す。

清花はそれを胸に抱き、冷えた体を温めた。

「やっぱタクシー拾います？」

それを見て勇が唐突に訊く。

「清花さんも寒そうですもんね」

「それがいいとぼくも思うよ。ここからだと三十分くらい歩くし……ただ、食べながら乗るのは失礼だから、肉まん食べてからタクシー拾おう」

ホストクラブへ行くとき土井に預けておいた土産袋を受け取って、ブラブラと歩きながら肉まんを食べた。食欲があるか心配しながら見ていると、勇は四口程度で饅《まん》頭《じゅう》を食べ終わり、缶コーヒーもすぐ飲み干した。少しだけ、ホッとした。

「仙台のほうはどうだったかい？」

土井は少しずつ紙を剝《む》きながら、次第に奥へと食べ進めていく。肉まんの紙に顔が隠れていく様が、素晴らしく土井らしい。

「所轄の書類だと通り一遍のことしかわからなかったので、襲撃犯に会ってきました」

空になった缶を弄《もてあそ》びながら勇が言った。

「えっ、会えたの？」

「はい。その人まだ地元にいたんで……事件で大手商社はクビになったようですが、襲撃した店が悪質だったこともあり、執行猶予がついて、今は和菓子屋の職人でした。結婚して子供が一人。小学生と言っていたかな。会ったら真面目ないい人で、なんであんなことしちゃったかというと、たぶん完全にスタッフの女性を信じて惚《ほ》れていたからなんだと思いました」

通り沿いの自販機の回収ボックスに缶を捨て、勇は追いついてきて清花と土井の後ろに立った。そのまま小さな声で言う。

「スナック愛理は宮藤公子が二十代の頃に始めた店で、約十年前までは残っていたようです。普通の主婦やOLや学生なんかが働いているのが売りでした」

「え。普通はみんなそういう人がバイトでスタッフやるんじゃないの?」

「そうなんですけど、ケバい化粧や衣装じゃなくて、普通に接客する店です。幼稚園の送り迎えから直接店に来たような……と、言ってましたね。隣の娘さんや近所の奥さんと飲める感じがよかったそうで。これ、襲撃した人の話ですけど」

「あー……なんか、わかる気が」

その店で売春があったと知るから余計に、『隣の娘さんや近所の奥さん』というのが生々しい。

「店のやり方は狡猾《こうかつ》で、デートは店の外でするシステム……システムというか、今にして思えばそうなんでしょう。それ用のワンルームマンションもあったようです」

「ギリギリの線をついてくるなあ」

　と、土井がこぼした。

「当時、男性は四十五歳。独身で、店にいた主婦が気に入って足繁く通っていたそうです。彼女はご主人と不仲で離婚準備のために働いていると言っていて、客とホステスというよりは付き合っている感覚だったと。マンションを使ったことも二度ほどあって、売春ではなく生活費を援助する感じで都度三万円を与えたということでした。ほかに交通費なども出したのは、彼女が客を取るんじゃないかという不安があったからだそうで、今にして思えばそれが手だったのじゃないかって。離婚したら結婚すると言いながら、なかなか離婚させてもらえないと嘆くので、ご主人と交渉して彼女を救ってやろうと自宅アパートに行ったところ」

　騙《だま》されていたと知ったんです。と、勇は言った。

「彼女が自宅だと言ったアパートですが、六畳二間に女性が数人ほどで暮らしていたと言うんです。その子たちは主婦でも大学生でもなくて、ブローカー経由で出稼ぎに来たアジア系の女性たちでした。主婦は日本人だったそうですが、そこには住んでいませんでした。全部が嘘だったんです。彼はご主人と別れるための手切れ金として百万円ほど彼女に渡していたこともあり……」

「それで襲撃？　売春させられたからというよりは、事情を知って激怒したのね」

清花が訊くと、

「そういうことです」

と、勇は言った。

「とにかく真面目な人なんですよ。飲み屋に通い始めたのも愛理が初めてで、本気で恋していたんでしょう。ちなみに、当時彼が好きだった女性の名前を聞いたんで、万羽さんに調べてもらっています。店では源氏名を使っていたようですが、離婚話をするとき本名を教えてくれたそうで、まあ、それも本当だったかわからないと彼は言ってましたけど、念のため……あと、もっと酷《ひど》い話があって、逮捕されたときに刑事が教えてくれたのが、『それ用』の部屋に隠しカメラがあったことだと」

「盗撮ビデオ」

と、土井が言う。先入観を持たずにいようと決めた宮藤公子のイメージは、転げるように悪くなっていくばかりだ。

「顧客とトラブルが起きたときのための保険かしら。四の五の言えば映像を流すぞ、と脅迫したとか」

「それか映像を売買してたか、ですね」

「なーるーほーどー。店を閉めた本当の理由がそれで、その後は郡山でも同様のことをしていたわけか、なーるほどー」

「でも、スナック愛理は検察官送致されていませんでした」

　勇は並びに来て言った。

「所轄の調書を見ましたが、カメラを設置した人物が宮藤公子だという確証は得られず、脅迫されたり搾取されたりという被害届も出ておらず、女の子たちに住処《すみか》を与えた契約者も宮藤公子ではなかったために、彼女が売春をさせていたとは言い切れなかったようでした。たぶんその部屋から複数の飲食店に女の子が送られていたんでしょう。宮藤公子は書類を送られましたが、前科はついていません」

「アパートやマンションを契約したのは誰なんだ？」

　土井がつぶやくと、勇はポケットからスマホを出してメモアプリを立ち上げた。

「マンションの持ち主は宮藤公子でしたが、スタッフ厚生用に購入したものを勝手に使われたとの一点張りで、アパートのほうは建設会社が下取りして解体後に再建する予定の建物でした。ええっと……株式会社クヌースという」

　清花と土井は足を止め、同時に互いの顔を見た。

「それって唐洲寛の会社よ、そうだわ」

　土井が勇に説明した。

「釧路湿原で凍死した人物が会長を務めていたのがそこだよ。スナック愛理があったころなら、まだ社長をやっていたかもしれない」

勇は一瞬だけポカンと口を開け、やがて、

「つながりましたね」

と、小さく言った。


タクシーを拾ってキャンカーがある駐車場まで送ってもらった。

時刻は二十時を過ぎたところで、車に戻ると受信を知らせるランプが点滅していた。三人そろって後部ドアから入り、窓という窓にブラインドを下ろして通信室へ移動する。極寒の屋外に駐車していた車は冷え切って、ジンジンと足の裏から寒さを感じる。こういうとき、エンジンをかけずに車内を暖められる燃焼式FFヒーターは便利だ。後部席のコントローラーを操作して、土井は設定温度を二十五度にした。

通信室でメールを開くと、

――今日は残業しないのであしからず――

と、件名部分に福子の断りが入っていた。

パソコンの前に座った土井が添付されたファイルを開く。

それはとある会社の人事記録で、『第一事業課・課長：伊達拓也』の部分にピンク色のマーカーが塗られていた。

「岩手のスキー場で死亡した人物です」

清花の言葉に、土井は、

「そうか。そういうことだったのか……」

と、悔しげに唸《うな》った。

「株式会社ペインタは塗装会社だよ。唐洲のクヌースは建築業者。仕事でつながりがあってもおかしくないのに」

会社のホームページにアクセスすると、本社はさいたま市だが、盛岡市や仙台市にも支社があるとわかった。ずらりと並んだ主要取引先の欄には、株式会社クヌースの名前も載っていた。

「さすがは万羽さん」

勇が言うと、

「福島で死んだ宮藤公子も仙台市でスナックをやっていました」

と、清花が続けた。

「男二人はスナック愛理の常連だったか、もしくは接待かなんかで訪れていた可能性もあるわ。それなら当然ママと面識も」

「建築業者だから店の工事に関わっていたかもしれないしねえ」

土井は別のフォルダーを開いた。

URLの入ったブログ画面が出てきた。

【みちのく吟醸・みちこまちの日本酒屋】

ブログはそんなタイトルで、プロフィール画面に中年女性の顔写真がある。

URLを打ち込むと当該ブログにつながった。秋田県大仙《だいせん》市内に店を構える酒屋のブログだ。フォルダーに福子が打ち込んだタイトルは、『旧姓弘賢美智子《ひろかたみちこ》』であった。

「あっ、この人かもしれません。襲撃犯を虜《とりこ》にした主婦ですよ」

福子のコメントにはこう書いてある。


――スナック愛理襲撃事件について……

弘賢美智子という名前を調べたら、たしかに当時、仙台市青葉《あおば》区に同名の女性(37)がいた。珍しい名字で、宮城県内ではほかにヒットしてこなかった。女性はスナック愛理の襲撃事件直後に住所を石巻《いしのまき》市に移していて、その三年後に再婚して夫の姓の佐藤《さとう》になってる。青葉区にいた頃はシングルマザーで子供が二人。このころ愛理に勤務していたのかもしれない。裏は取っていない――


「本人かしら」

と、清花が言うと、勇はただ首を傾げて、

「ほかにいなかったなら、そうなんじゃ？」

とだけ、言った。

「確かめに行くしかないね」

福子にメールを返しながら、土井は「勇くん」と、呼びかけた。

「移動するから近場で車中泊できる場所を探して。秋田へ向かう方向で頼みます」

「了解」

答えて勇が通信室を出て行くと、土井はメールに『こちら順調、普通です』と書き足した。勇のことを伝えたのだと清花は思った。

大仙市までは高速で四時間強の距離である。勇が経由地の道の駅を見つけてくれたのでそちらへ移動し、一泊して翌早朝に福島を発《た》つこととした。

勇が加わったキャンカー内はかなり狭くなったと感じ、申し合わせたような体の動きも二人のときより複雑になった。ようやく後部のベッドに横になると、清花は勉経由で桃香にメールを送った。時刻は二十二時を過ぎ、娘は眠っているはずだ。

──桃香、おやすみ。ママはいま、こおりやま市というところに来ています。明日は秋田へ移動することになりました。秋田には『なまはげ』がいます──

桃香はなまはげを知っていたかな？　と、考える。

――お正月ころに出る鬼よ。ママは会わないと思うけど――

それから少し考えて、

――おみやげにお豆くらいの人形を買いました。『こぼし』といって、転んでもすぐ起き上がれるお守りです――

縁起物だが、桃香の語彙《ごい》に合わせてお守りとした。朝の忙しい時間に勉が読んでやるのだから、あまり長く書いてはいけない。

文章を閉じてメールを送ると、すぐ返事がきた。文面はなく、民話の本を胸に置いて眠る桃香の写真だった。今夜は勉が読んだのか、それとも自分で読んだのか、文字を読むスピードも速くなり、漢字もずいぶん覚えてきた。疲れに抗《あらが》って本を読んであげる時間も、もうあまりないのかもしれない。

翌朝は雪がチラついていたが、ヒーターの効いた車内は暖かく、白いミルククリームをこれでもかと食パンに塗ったクリームボックスと土井のコーヒーで朝食とした。甘すぎるのではないかと危惧《きぐ》したけれど、バタークリームとも生クリームとも違うクリームは美味だった。もっちり感のある食パンも普通のそれと違うのか、コーヒーにもよく合って、旅ならではのささやかな幸せを感じた。

「酒屋まで四時間弱で、幸いなことに大型車を停められる駐車場がある」

コーヒー片手にスマホで現場をサーチしながら土井が言う。

大きな車で動く場合は必ずルートを確認しないと、カーナビ任せでうっかり小路に入ろうものなら地元の迷惑になるだけでなく、突き出た庇《ひさし》や道路標識にトップをぶつけて大損害になりかねない。

「山形秋田は酒処ですもんね。酒屋の女将《おかみ》におさまったってことは、あながち騙《だま》すつもりもなかったんですかね」

眠そうに欠伸《あくび》しながら勇が言った。明るいところでよく見ると、目の下に隈《くま》ができている。やはりいつもの勇とはどこか違った印象だった。

出発準備を整えて道の駅を出たのが午前八時。

カーナビの予測によれば、目的の酒店に到着するのは正午くらいだ。清花は乗り心地のよい助手席を勇に提供しようと思ったが、この日に限って後部席でいいと言う。土井の隣に座らせて話をさせたかったのに、当てが外れた。

勇はダイニングのベンチに長々と脚を伸ばして、昨晩福子が送ってくれた資料を読んでいる。市街地を出て高速道路に乗ったとき、清花は後部席を振り返ったが、いつもならグミをよこせと絡んでくる勇は手持ち無沙汰《ぶさた》に腕を組み、どこか遠くを眺めていた。

彼はバリアを張っている。こんな勇は初めてで、いつだったか『俺は俺に生まれて楽なんで、オススメしますよ』と笑った顔を思い出す。あの笑顔は本物だったのか、それとも、『俺に生まれて楽』でなければ乗り越えられなかったという意味か。

「あのね」

東北中央自動車道を走る車の助手席から、清花はミラー越しに勇に言った。

「モンキチョウだった。ドングリ虫のお友だち」

「へ？」

と、勇は体を起こした。

「桃香が物語を創るのに凝っているって話したら、丸山くんは言ったよね、ただの蝶《ちょう》なんかいませんって。それで桃香に確認したの。クリスマスに丸山くんがくれた図鑑を出して、チョウチョとテントウムシはどの子？　って。そうしたら、蝶はモンキチョウで、テントウムシは二つ星だった。七つ星じゃなく」

「ナミテントウの二紋型っすね。テントウムシは難しいんですよ。ナミテントウでも七星のヤツもいるし、温暖化で活動時期もかぶってきたり」

清花は体をよじって勇の顔を見ようとしたが、背もたれが邪魔して叶《かな》わなかった。

「丸山くんが言ってたとおり、ただの蝶も、ただのテントウムシもいなかった。私が想像したのはアゲハチョウとナナホシテントウだったのに」

勇はそれに答えなかった。

それでいいや、と清花は思った。

無理に聞き出して何になる。自分が離婚で悩んでいたとき、もしも誰かが相談に乗ろうと言ってくれても話せなかったはずだから。

車は一路秋田を目指す。左右に雪原が広がる道路は風が強くて車体が揺れる。やがて車は山形県に入り、通過して奥羽《おうう》の山中を通り、そして大仙市に到着した。


旧姓弘賢美智子が女将を務める酒屋は大仙市刈和野《かりわの》の、宿場町の面影を今に残す地域にあった。このあたりはかつて秋田藩の武家町だったらしく、機能的且つ簡素な町並みが美しい。空き地のような駐車場に車を停めて、ふらりと観光に来た者の素振りで酒屋へ向かった。時代がかった町並みは黒壁や瓦《かわら》屋根や漆喰《しっくい》塀が雪に映え、地方の大都会仙台とは対照的な落ち着きがある。

もしも彼女がスナック愛理の主婦スタッフなら、今さら当時のことなど思い出したくないだろう。清花はどうやって話をするべきか、歩きながら考えた。

ホシを挙げることに躍起になっていたころは、証言者への心配りなど念頭になかった。すぐ追い詰めなければ犯人を逃がし、次の犠牲者を生むかもしれないと追い立てられたせいもある。でも、バランスを取ることはできたはず。重要な任務に就いているのだといいわけをして、簡単に情報を引き出そうとしていただけだ。

　門も前庭もなく、通りに面して入口があるその店は、間口の広い二階屋で、二階は土蔵のような漆喰塗りの壁であり、一階の庇の下は全開できる引き戸であった。庇を支える柱が建物の外にせり出して、そこに幟《のぼり》が立ててある。屋号を示す額などはなく、ガラス戸に金文字で『酒のさとう』と書かれていた。通り自体は閑散として、清花らのほかに人影はなく、店内を覗《のぞ》いてみたが無人であった。

「誰もいませんね」

　と、清花は言って、土井を見た。

「過去については触れられたくないと思います。ましてお嫁に来た身なら、怪しい私たちが訪ねていくのもマズいでしょう」

「そうだね。だから観光客のフリをしてるけど……」

　そう言うと店の手前で立ち止まり、土井は清花と勇を見た。

「幸い人がいないから、こうしよう。家人がいたり、店が混んできた場合は酒だけ買って店を出る。ブログにメッセージを送るとか、電話するとか、女将に迷惑がかからない手段を考えよう。でも、もしも、客も家人もいなかったなら」

　ぼくのほうで話を聞くよ、と、土井が頷く。

「その場合でもサーちゃんたちは買い物をしていて欲しい。あくまでも一見の客に見えるようにね」

「店にいるのが女将ではなく、ご主人とかならどうします？」

勇が訊《き》くと、

「その場合も酒を買う」

と、あの情けない顔で土井は笑った。

三人は互いに視線を交わし、刑事臭が全くない土井が先頭に立って引き戸を開けた。ガラガラと戸車が横木を滑る音をさせ、

「ごめんくださーい」

と、声をかける。店の間口は四間（約七・三メートル）ほどで、壁は腰下が石張り、上部が漆喰だった。

「はぁーい」

酒やつまみを並べた店内は奥に冷蔵ケースがあって、所狭しと日本酒が並ぶ。勇は早速酒を見に行ったが、清花は土井と勇の中間に、つまみや土産物を物色する体で立っていた。薄暗い店の奥から顔を出したのはブログにプロフィール写真を載せていた女性で、過去に照らしてずいぶんと落ち着いた印象だった。割烹着《かっぽうぎ》姿でレジスターがあるカウンターの奥に立ち、清花らを見回して、

「あら、ご旅行で？」

と、人なつっこく訊いた。

「ええ、東北をずっと」

土井は答えて、

「みちこまちさんですよね？――」

と、微笑んだ。

「――ブログを拝見しています」

清花も勇もそのタイミングでフレンドリーに会釈する。

「やーだ、そうなの？　恥ずかしい。ブログを見て来てくれたんだ？　言ってくれればお化粧をして待っていたのに」

会話がスムーズで如才ないので、やはり彼女で間違いないだろう。

「お店は奥さんお一人で？」

「そう、お店はね。主人は配達に出ているもんで。奥に年寄りもいますけど、耳が遠くてお客さんが来てもわからなくって、待たせちゃうこともあるのよね」

耳が遠いのは好都合。誰も会話を聞かないことが確認できて、土井が言う。

「実は、ちょっとお話を伺いたくて来たんです」

「私はただ東北の美味《おい》しいお酒を……」

ブログの話と思ったのだろう。ニコニコしていた彼女は、土井が身分証を見せたとたんに引きつった顔になった。親の敵でも見るように土井を睨《にら》み付け、対して土井はニコリと笑った。

「訊きたいのはあなたのことでなく、宮藤公子という女性のことです。彼女について調べています」

女将《おかみ》は両手で割烹着の端を摑《つか》むと、吐き捨てるように言った。

「警察って……くだらないことをよくも調べて回ってくれるわ」

清花はスルメの袋を手に持って、店内をウロウロと見て回る。同様に勇も冷蔵ケースの前で行ったり来たり、立ったり座ったりして酒を眺める。

土井は単刀直入に、スナック愛理のことを訊《たず》ねた。

「当時のお客に、地元の建築会社や電気工事会社の社長とか、塗装会社の社員とか、そういう人がいたようですか？」

彼女はレジスターの脇で顔を歪《ゆが》めた。

「ねえ……亭主も家族も知らないの。私が愛理にいたことは」

「なにも言いませんし、話を聞いたらすぐ帰ります」

「当然、調べて来たのよね？　事件のこととか」

「いちおうは」

彼女は深いため息を吐いた。

「じゃ、ママは捕まったのね」

「いえ、亡くなったんです。二年も前に」

「えっ」

と、彼女は目を丸くして、

「殺人？」

と、訊いた。土井は問う。

「どうしてそう思うんですか？　酩酊《めいてい》して公園で凍死したんですが」

「凍死？　うそ……」

顔色がサーッと青ざめたので、清花は勇と視線を交わした。

「そう……死んだんだ……公園で凍死……たたり……」

彼女は自分の二の腕をさすりながら自分に言った。

「祟《たた》り？」

土井が訊くと、

「なんでもない」

と、笑いでごまかす。それでも明らかに青い顔をしている。

「宮藤公子はどんな人物だったんですか」

「どんなって……頭の切れる女狐よ。人間じゃなくて妖怪《ようかい》だよね。スナック愛理は素人の店ということになっていたけど、女子大生も、ＯＬも、みんなママが書いたシナリオ通りに演じてたのよ。もちろん私も……」

「シナリオ？　それは演じる役柄のことですか？」

彼女は土井の顔を見て、嘲《あざけ》るような笑い方をした。

「ああ……その様子じゃ売春のことしか知らないんでしょ」

土井は小首を傾げている。清花はスルメだけでなく、サラミの袋も手に取った。

「宮藤公子って女はね、得体の知れないところがあって、店はパトロンの金で開いたと言っていたんだけど、実際はさみしい年寄りに取り入って、金を出させただけなのよ。その年寄りもすぐ死んで、ウリも始めて、でもね、本当の目的はそれじゃなく、ベッドで引き出す情報だったの」

情報？　と、清花は心で呟《つぶや》いた。

そういえば、襲撃事件の犯人は当時大手商社に勤めていたと勇が言っていた。

「ときに」

土井はポケットから二枚の写真を出した。釧路湿原で死んだ建設会社の唐洲と、岩手で死んだ塗装会社の伊達だ。

「この二人に見覚えはありますか？」

彼女は写真を手にすると、

「ああ……どうかしら……見たような気もするけど、たしかにそうとは言えない感じ」

「こちらはクヌースの会長で、こちらはペインタという会社の常務です」

「社長や会長や重役は多かったのよ。そういう場合はＶＩＰルームに通されて特別な子がついたから……私はもう三十代だったし」

答えて写真を土井に戻した。

「愛理は広い店だったのよ。私がいたのは三年程度だけど、店を変えるたび広くなったという話だったわ。ほかにマンションを持っていて、情報を取るのに使ってた。その部屋にはカメラがあって……聞き出すべき情報と聞き出し方はママが脚本を書いてたわけよ。店の子の半分くらいはブローカー付きの海外の子で、やるのは接待と売春だけ。ラウンジの奥に個室もあって、顧客によってはカメラ付きの部屋を使うんだけど、そこで取引のこととか、入札のこととか、ライバル会社の名前とか、上手に聞き出すわけなのよ。ビデオに撮って依頼主に売って、その稼ぎのほうが大きかったんじゃないかしら。まあ、ビデオはさ、私たちを口止めするためでもあったんだけど……イヤだわ。ママが死んで、ビデオはどうなったのかしら……」

彼女はそこで言葉を切ると、

「……こんなことが田舎で知れたら生きていけない」

と、すすり泣くような声を漏らした。

「ビデオは表に出ていません。当然ながら我らも入手していない。ママの死も捜査対象ではありません」

彼女は土井だけでなく清花や勇の顔も見て、

「じゃあ、どうして私のところへ来たの？　襲撃事件を知っているから？」

と、訊《き》いた。

「そうよね。あれは本当に申し訳ないことをしたと思っているのよ。お客さんがいい人で、私も別れた亭主の借金があって……必死だったの。とにかく必死だったのよ……でも、あんなことになって店が注目を浴びちゃって……怖くてすぐに逃げ出して、なりふり構わず働いて……おかげで今はこうやって暮らせているわけだから……子供たちも知らないのよ、ほんとうに、誰にも言ってないんだから」

「言いません」

と、土井は頷《うなず》く。

「あの、すみません」

その後ろから清花は訊いた。

「さっき怖くて逃げたと仰《おつしや》いましたが、身の危険を感じたってことですか？」

彼女はキュッと唇を噛《か》み、そのまましばらく考えていたが、やがて、

「そうよ」

と、はっきり言った。

「キミ子ママが凍死したなら、それは祟りか天罰よ。だって……」

そして訴える目で土井を見つめた。

「あの頃、同じ店でOL役をやってた若い子が……その子も蔵王で凍死してるの」

もう一人いた。と、清花は思った。

調べたのが五年前までだから、愛理があった当時の凍死者については情報がなかったのだ。その人物も首に痣《あざ》があっただろうか。

曇り空のため店内は暗く冷え切っていて、足元からジンジンと寒さが忍び寄る。

「お互いに本名も知らなかったけど、その子はすごく人気があって、VIPルームの担当だったの……きれいで若くて二十代半ばくらいだったと思う。不倫相手の子を一人で育てていたものだから、子持ちの私と話が合ったの。病気とか、託児所の相談とか……でもね、その子がお店を一軒任せてもらえることになって……」

顔を上げたので、清花たちは頷いた。

「ナイショだけどママになれそうだって、そうなったら、私もお店を移ってこないかって、汚い仕事はナシでやる、自分はそういう才覚がないからと……私はね、ママに内緒のパトロンがついたと思った。そうなら店を移りたい……子供に知られたくなかったの。子供に恥じてほしくなかった。だから嬉《うれ》しくて、期待した。でも、そのすぐ後で、彼女は山で死んだのよ」

凍死したの。

と、女将《おかみ》はまた言った。風と雪の一陣が店内を吹き抜けていった気がした。


個人的にオススメだという東北の酒を一升と、清花が手に持っていたスルメとサラミを購入し、最寄りの入浴施設へ移動することにした。

走り始めると勇が福子にメールして、清花は蔵王で起きた凍死案件を調べ始めた。

「うーん……ネットで調べるには限界があるかも」

スマホ画面を見ながら唸《うな》った。蓋《ふた》を開けっぱなしのグミケースから、続けざまに何粒も口に放り込む。

「蔵王は冬場の遭難事故が多いのかしら。五年前までは本部で検索済みだけど、さっきの話は十五年以上前ってことになる……所轄の専用保管庫に行けば別だけど、古すぎて凍死のキーワードだけでは絞り込めない」

「万羽さんのヤマンバ力に賭《か》けましょうよ」

と、後部席から勇が言った。

「今回の言い出しっぺだし、けっこうリキが入ってるみたいだし、きっと探してくれますよ」

そのままグミをもらいに来るかと思ったが、勇は一升瓶を胸に抱き、またも窓の景色を眺めている。その横顔をルームミラーに映して、清花はケースの蓋を閉じた。

「そういえば丸山くん。お土産ありがとう」

ミラー越しに言うと、勇はキョトンとした顔で清花を見た。鏡の中で目が合って、清花は微笑む。

「大阪名物岩おこしのことよ。私は雷おこししか知らなかったわ」

「……ああ」

勇はぼんやりそう答え、

「あれ、メッチャ硬いんですよ」

と、苦笑した。

「軽量レンガの代わりに壁に貼れそうな感じよね。嚙みしめると味があって、ファンが多いお菓子なのね。ショウガ味ってところも新鮮」

「大阪はどうだった？」

土井も隣でそう訊いた。

「サイアクでした」

勇は答え、そのまま口を閉ざしてしまった。

清花と土井は視線を交わし、それ以上は詮索しなかった。

「今日のお風呂《ふろ》は地元の複合施設だよ。天然温泉を引いてるらしい。よく温まって、ついでに軽く食事して、万羽さんからの連絡を待とう。場合によっては当時の話を聞きに蔵王へ戻る。調べに時間を要する場合は、道の駅に移動して待つことにする」

「酒もありますしね」

仕事中よ、と清花は答えそうになったが、それより早く、

「たーのーしーみー」

と、土井が言ったので口をつぐんだ。

「花邑《はなむら》はあまり出回らない酒だというし、東北の酒は旨《うま》いしね。サーちゃんもつまみを買い込んでいただろ？」

「手に持っていたから仕方なく、ですよ」

「飲む気満々なんだと思ったよ」

「俺もっす」

そこでようやく笑いが起きた。清花は勇の笑う姿をミラー越しに盗み見て、何があったのだろうとやっぱり思った。

山間《やまあい》に建つ複合施設は駐車場も広大で、キャンピングカーも何台か停まっていた。

大型車で来られる入浴施設は限られるので、旅先では行く先々で同じ車と遭遇する。道ですれ違えば旅の安全を願い合うし、豪快に手を振ってくる場合はオーナーになったばかりとわかる。いつものように駐車場の端に車を停めて、風呂へ向かった。

入浴料は四百円。破格の安さだと思う。車が大きいので、混雑する夕刻より日中に施設を利用することが多く、それでも地元の人がたくさんいることに驚きもする。その施設には地元出身の俳優を推した特設コーナーがあって、ほかに会議場や宴会場、プールに宿泊棟まで完備していた。こうした複合施設は地方でよく見る。併設のレストランには必ず地場産メニューがあるけれど、今回清花が一番驚いたのは、白いごはんにかけそばに、卵を敷いた焼きそばのセット、という炭水化物だけのメニューがあったことだった。それを勇が注文し、豪快に食べきったときは安心した。

サッパリして車に戻ったが、福子からの連絡はまだなくて、それぞれ荷物を整理して移動先とする道の駅を探した。次に向かう場所が決まらないので、候補をいくつか拾い出す。車中泊する人のマナーの悪さに、夜間の長時間駐車を断る道の駅は増えてきた。逆に駐車場の一部を有料で貸す取り組みも。

「連絡、こないっすね。やっぱ難しいんですかね」

本部からの通信を示すランプを見上げて勇が言った。

出発準備は整って、あとは行き先を決定するだけである。時刻が午後四時を回った時点で、土井は一時間圏内の秋田市方面へ移動することを決めた。

雪に覆われた畑の中にポツンと建つ道の駅である。遮るものがないので風が激しく、防風林よろしく敷地の境に植えられた木々がボウボウと揺れていた。

立春を過ぎて日暮れは次第に遅くなり、それでも空気は冷え切って、気をつけて後部ドアを開けないと風で持って行かれそうになる。背の高い車は風を受け、ときおり車体がグラグラ揺れる。

清花らはダイニングに集まって調査内容をまとめた。

死亡者は三名プラス一名となり、わかったことをメモに書き出す。

・唐洲寛　享年六十五　株式会社クヌース会長　北海道釧路湿原で昨年凍死
・宮藤公子　享年四十八　整体店の経営者　郡山市の公園で二年前に凍死
・伊達拓也　享年四十三　株式会社ペインタ常務取締役　岩手のスキー場で三年前に凍死
・氏名不詳の女性　享年二十代半ば　スナック愛理のホステス　十五年以上前に蔵王で凍死

土井は新しい情報を書き足してから、つぶやいた。

「接点はスナック愛理……共通項は凍死かな、やっぱり」

「共通項は、ほかにもあります」

清花がペンを取って言う。

「祟《たた》りよ」

土井も勇も何も言わずに顔を上げて清花を見た。

「酒屋の女将が『たたり』と、口にしたわよね？　スナック愛理にいて凍死した女性から、一連の出来事が始まったとは言えないかしら……今回は、ずっと奇妙な話がまつわりついてる。伊達拓也が滑走した場所では白い女が、宮藤公子が死んだ公園ではヒラヒラした白いものが、唐洲寛には謎の同伴者が、それぞれ目撃されてます」

「え、なんすかそれ」

途中から捜査に加わった勇が言った。

「うん。おかしな話なんだけど、今回は幽霊話がついて回っているんだよ」

「祟りって、そういうことすか？　え、誰の祟り？」

勇は清花と土井を交互に見た。真剣な表情は、茶化しているわけでもなさそうだ。

「そこにヒントがあると思うわ」

「愛理にいた女性が元凶ですか？　でも、蔵王で凍死はスキー場や公園や観光地より
あり得そうな気もするけどな」
「酒屋の女将《おかみ》の言い方は、後者じゃないかしら」
「まあさ、幽霊が殺したというなら、ぼくらの出番はないよ」
「じゃ、痣《あざ》も幽霊のしるしっすかね？　あ、そうか。その女性に三つの痣があったん
じゃないですか」
　勇の言葉にゾッとした。
「やめてよ……バカなこと言わないで」
　もしもそうなら、知りたくない事実だと思う。自分の祟りと知らせるために女性は
痣を残したのだろうか。そもそも女性の凍死は事故ではなかったというのだろうか。
清花は三名の凍死者の現場写真を思い浮かべた。バックカントリーで雪に埋もれた伊
達拓也。公園の立木に寄りかかって凍った宮藤公子。巨大なつららを抱いて死んだか
のような唐洲寛。
「でも、そうよ……共通項がもうひとつ」
　清花はメモに『アルコール』と書き足した。
「伊達拓也がお酒を飲んでいたのかは不明だけれど、スキー場で飲酒するケースは多
いと思うわ」

「たしかにねえ……飲酒したから目覚められずに凍死した」

土井がつぶやき、

「都内の凍死はそれが多いですもんね」

と、勇も言った。

「多いから事故死という判断になったわけよね、齟齬《そご》がないから……でも、じゃあ、やっぱり幽霊はスナック愛理にいた女性？　幽霊になってもお酒を勧めた」

「でも……それって十五年以上前の話なんですよね？」

勇は首を傾げている。

「そんなに気の長い幽霊がいます？　すぐ殺しに来たっていうならともかく、宮藤公子は福島で整体店を……あ、そうか……福島へ移ってからも、彼らはつながっていたってことかな。宮藤公子はそっちでも情報屋を？　でも、それならやっぱり幽霊じゃないですよね？　ずっと生かしておいたんだから」

「うん……情報屋ね……」

土井は人差し指で鼻の下をこすって、メモを見ながら腕組みをした。

「整体店の売春はスナックより目立ちやすいと思うんだよなあ。接待で金を落とせる店とは違い、迂闊《うかつ》な輩《やから》も大手を振って利用するしね」

「ホストクラブでの宮藤公子も豪遊という感じはないし、襲撃事件で顧客が一斉に手を引いた可能性はありますね。当局も目をつけたでしょうし、もはや愛理のような商売のやり方はできなかったのかもしれないわ」

「だろうね」

と、土井も言う。

「後ろめたいことがあったからこそ、襲撃事件を機に彼らは関係を絶っていた……とも言えるのかもなあ」

「それじゃ余計に、どうして『今』だったんすかね？　今というか、この三年くらいか……」

話していると、ついに本部からの通信ランプが点滅を始めた。プー……プー……という小さな音が車内に響く。

「万羽さんキター！」

勇が言って、すぐさま通信室へ移動していく。

日暮れ前なのでキャンカーのブラインドは下ろさずに、清花らは通信室に入ってダイニングとの仕切りを閉じた。通信室は元々狭いが、扉を閉じるとさらに狭く感じる。ひとつしかない座席には土井が掛け、清花と勇は背後に立った。

リモートでつなぐとモニターに福子が映る。勇を見ると、

――無事に合流できたみたいね――

と、言った。

——今どこ？——

「大仙市から秋田市へ向かう途中の道の駅だよ」

土井が答えると、福子は目を弓形にしてニッコリ笑った。

——なら、ちょうどよかった。秋田市に用があると思うから——

彼女は椅子に座り直すと、真っ直ぐにこちらを見つめた。パソコン画面を通じて話すリモートは視線が下を向きがちになるが、福子はいつも目を合わせてくる。どうしてそれができるのか、本部で調べ物をしたとき、清花はデスクで秘密を知った。福子が使うパソコンは、カメラの位置に手描きした土井が貼り付けてあるのだ。デフォルメした似顔絵があまりに似ていて笑えるほどだ。福子は慌てて隠したけれど、それでまた彼女が好きになる。

——蔵王の遭難事故だけど、記録自体はすぐ見つかったのよ。十七年前の十月六日。男性登山者が消防に救助要請してきたの——

福子は別のモニターに視線を逸《そ》らす。事故の記録を読んでいるのだ。

——あとでデータも送るけど、蔵王の青根《あおね》温泉からハイキングで山に入った四名が遭難。内訳は、男性二名と、女性と子供——

「女性と子供……」

清花はつぶやく。

――宿泊していた旅館でお弁当を作ってもらってハイキングに出たら、道に迷って避難小屋に宿泊。当日は急激な天候悪化で雨が雪に変わったの。十月だと避難小屋にはまだ十分な装備をしてないみたい。薪《まき》とか灯油とかそういうものね。そこで体力のない女性と子供を小屋に残して、男性二人が救助を呼ぶため下山した。すぐに救助隊が派遣されたんだけど、小屋には誰もいなかったの――

どういうことだろうと考えているうちに、福子は続けた。

――四人とも山に慣れていない人たちで、避難小屋の場所が間違っていたの。六日、七日と山は大荒れ。地元ガイドが山に入って別の避難小屋で母子を見つけたんだけど、母親は死亡、子供も意識不明の重体。女性の名前は山口倫子《やまぐちりんこ》二十六歳。子供は山口裕《ゆう》真《ま》五歳――

と、福子はしばし間を置いた。

――それでね、ここからなんだけど……救助要請した同行者二名が、伊達拓也二十九歳と、唐洲寛四十九歳だったのよ――

清花らは息を吞《の》む。

――それだけじゃないの。彼らは青根温泉の高級旅館に六名で泊まっていた。それで、遭難事故で救助に向かった人を探して電話で訊《き》いたら、山に登らずに待機していた仲間の一人は唐洲の会社の男性とわかったんだけど、もう一人は派手な感じの女性だったらしいのね。この女性が宮藤公子だったとすれば、一連の凍死とバッチリつながってしまうのよ——

「唐洲の会社の男性は？」

と、土井が訊く。その人物も凍死していたならば……清花が緊張するなか、福子は別のモニターを見て言った。

——不明だったのでクヌースの人事名簿を調べたの。そうしたら、母子遭難事故の直後に三十二歳の総務部長が辞めていた。次に雇用保険の記録を当たって再就職先を調べたら、この時期に受給した男性が、今は秋田市で工務店の社長をやっていることがわかったの。そこの住所を送っておくわ——

「なんか武者震いしてきましたよ」

勇の言葉には清花も同感だった。

山口倫子が愛理のVIP専用スタッフならば、酒屋の女将が祟《たた》りを疑った理由は何か。彼女は単独で遭難、凍死したわけではなかったのだ。

同行者二名は本当に避難小屋の位置を間違えたのか。天候不順は偶然か。そして清花は何よりも、五歳の子供が一緒だったことに心を痛め、恐怖を覚えた。母親は何を思ったか。自分ならどうしていただろうか。

――あと、それと、これは直接捜査に関係ないかもしれないんだけど――

と、土井を見て福子は言った。

――救助に向かった人に電話したって言ったでしょ？　土井さんたちにも聞かせようと思って会話を録音させてもらったのよね。古い話だし、署にも消防にも通常の記録しか残っていなくて、母子と同行者の名前程度しかわからなかったので、蔵王に詳しい人に訊いたのよ。知っていると思うけど、山岳遭難の場合は地理に詳しい山小屋の主人とか、あとは山岳ガイドが捜索に協力するから、レストハウスに電話をかけて捜索に参加した人を紹介してもらったの。すでに引退してたけど、山にはまだ登っているって。じゃ、ちょっと流すわよ――

最初に聞こえてきた声は福子のものだ。

では録音します、と、断りを入れている。続いて福子はこう言った。

『蔵王の避難小屋で母親と子供を救助したのを覚えていますか？』

『覚えてる……初めは刈田山峠《かったやまとうげ》の避難小屋にいるって聞いたんだ。十月だったな。季節外れの大雪で、視界もほとんど利かなくて、ようやく着いたら空《カラ》だった。火を焚《た》いた跡もない。そうしたら、ほんとうは刈田山岳《かったやまだけ》のほうにいたんだよ。あそこはてっぺんだし、風も強《つえ》ぇさ。小屋の入口に雪庇《せっぴ》ができて、シーズン前で備えもなかった。ありゃあ運が悪かった』

『母親が死亡したと聞きましたけど』

『そうよ。風で石が飛んだかで明かり取りが割れててな、小屋にも雪が吹き込んでいた。ストーブの燃料をこれから置くってときだったから、灯油もあまりなかったんだろう。暖を取ろうとして、なんか燃やした跡があったよ』

『救助要請した男性二人には会っていますか？』

『いや。俺ぁ警察から連絡もらって道案内についただけだから会ってねえ。遺体を下ろしたときにいたかもしれんが、野次馬も大勢いたからさ、誰が誰だかわからねえ。俺はただ、子供が一緒と聞いたから、これは早く見つけてやらねばと思ってよ。山小屋の名前を聞いてそっちへ行ったが、あれが余計な手間だったんだなあ。刈田山峠とか刈田山岳じゃ、景色も小屋も違うんだから、そこらへんのところを確認するか、それかエコーラインから山に入ったと言ってくれれば、手分けしてどっちも捜したものを……ま、似たような名前がいけねえんだな。刈田山岳じゃなく御釜《おかま》にでもしときゃよかったのによ』

『発見時、女性の遺体を見ましたか？』

――首に痣《あざ》がなかったか、訊いてみようと思ったのよね――

と、リアル福子が口を挟んだ。相手の答えはノーだった。

『あれは、もう、いつ頃の話だ？　十五年前か、もっとかな』

『十七年前です』

『そうか……そんなに経ったかな。ま、俺は七十五までガイドをやっていたからな、そうか。もうそんなに経つのか……今でもさ、時々夢に見るんだよ。遭難者の遺体はけっこう見ているけども、あの母親の姿は忘れられなくて……』

福子は話の続きを待っている。しばらくすると老人は、

『見つけたのは次の日の昼頃だったと思う。小屋の入口まで雪かきしながら進んで行って、雪庇を落として戸を開けたらさ、さっきも言ったけど、小屋の中まで凍っててよ。吹き込んだ雪が坂になってた。ストーブが脇へ寄せられて、火を焚いた跡があった。そのすぐ脇に、裸の女が倒れていてさ』

『裸……ですか？』

『そう。十月に零下になるのは希《まれ》だけど、あのときはなったからな。真っ白に凍った小屋に、女が裸で倒れてんだから、そりゃたまげたよ。うつ伏せで、顔をこっち側に向けてさ、目を開けたままで凍ってんだよ。その顔を、今も時々夢に見る。一緒にいた連中も驚いて動けなくなったくらいだからさ、まあ、凄《すさ》まじい顔だったよ』

でもな、と老人は先を続けた。

『女がどうして裸だったか、すぐにわかった。うつ伏せだったのは子供を抱いていたからだ。床に空のリュックを敷いて、上に子供が寝かされていた。母親が着ていたも

のを体に巻いて、さらに母親が雪よけになって、子供を守って死んでいたんだ。後にも先にもあんな光景は見たことがない。俺らは捜索に慣れてるが……あのときばかりは大の男がみんなで泣いたさ』

録音は終了した。福子が言う。

――どうしても土井さんたちに聞かせたかったの――

見ず知らずの女性だけれど、清花にはわかる。

母親の気持ちが清花にはわかる。清花は涙が出そうになった。

「子供は助かったんだよね」

と、土井が訊く。

――助かったと思うけど、その後の報道は見つからなかった。年齢と名前でサーチしてもダメ。子供が収容された先が市民病院だったことまではわかったけれど、十七年も前の患者の検索に協力してはもらえなかった――

「いま助かる命のほうが大切だからね。それは仕方ないだろう」

――と、いうことで、おそらく明日は秋田市ね――

「工務店の社長を当たってみるよ」

土井の言葉が終わらないうちに、福子からデータが送られてきた。土井はそれを勇にプリントアウトさせて、リモート通信を終えた。

日が暮れて、道の駅は営業を終了し、清花らはようやく車のブラインドを下ろした。そして狭いキッチンで悪戦苦闘しながら今夜の食事を用意した。生ゴミを出せない車での食事は、買ってきた惣菜《そうざい》やカップ麺《めん》などが便利だが、ずっとそれではお腹の調子が悪くなる。何日かに一度程度でいいから、普通の食事が欲しくなる。

こういう生活に慣れてくると、最小限の食材を現地で調達する知恵が湧く。そして普通の食事には鍋《なべ》料理が手頃だということにも気がつく。今回、清花は小型で浅いステンレス製の鍋を持参した。土井が作るインスタント麺にも、前回作って失敗した雑炊にも、テーブルで作る鍋料理にも適した品で、丈夫で軽く場所をとらない。

食材は道の駅で購入した。洗わずに使える野菜の代表はキノコとモヤシで、キッチンペーパーで拭《ふ》いたネギ、見たこともないもない食材の氷餅《こおりもち》、切ってある鶏肉《とりにく》に豆腐を足した。本当はセリが欲しかったけれど洗う場所がないので我慢して、こちらも道の駅で見つけた比内《ひない》地鶏の濃縮スープを薄めて使う。

全てを鍋に予《あらかじ》め入れ、卓上コンロとともにテーブルに出した。足りない分には麺でもなんでも入れたらいい。あとはバター餅とハタハタの飯鮨《いずし》、燻製《くんせい》臭控えめのいぶりがっこも買ってきた。

「ご〜ちそうだ〜」

と、土井が言う。いつもならテンション上がりまくりの勇は、

「ほんとうですね」

と、微笑むだけだった。

酒屋の女将《おかみ》に薦められた日本酒は一升瓶のままテーブルにドンと置かれた。せめてグラスがあればよかったけれど、コーヒーの香りがついたマグカップを使う。封を切ったとたん芳醇《ほうじゅん》な香りが漂って、酒の花が咲いた気がした。

クックッと煮えてくる鍋と日本酒は相性がよく、体の芯《しん》から温まる。子供を守って死んだ母親に、この温かさを分けてやれたら。

「十七年前の遭難が実は計画的犯行だったということがあるんでしょうか――」

お腹が少し落ち着いてきたとき、清花は土井に訊《き》いてみた。

「――わざと避難小屋を間違えて教えたとか」

「俺もそれを考えました」

と、勇も言った。顔が少し赤くなっている。

一升瓶を傾けて土井にお酌し、清花のほうへ向けてきた。

「これマグカップよ？　お猪口《ちょこ》じゃなく」

「あー、でも、マグカップは酌する手間が省けていいっすよ」

「手間が省けるという割にガンガン注《つ》いでくるじゃない。飲み過ぎよ」

「花邑って酒は初めてだけど、本当に美味《おい》しいね。これ、どこかで見かけたら返町に買っていってやろうか」

「返町課長は呑兵衛《のんべえ》だから、きっと喜ぶと思います」

勇は自分のカップに酒を注いで、いぶりがっこをパリパリ言わせた。あとはクタクタと煮えていく氷餅を睨《にら》んでいる。その目に何が映っているのか、清花と土井は視線を交わした。

「あのお母さん」

と、勇は言った。

「子供を守って死んだんですね」

「女将の話ではシングルマザーだったということだから、ほんとうに……彼女の気持ちを考えると言葉が出ないわ」

「清花さんもシングルマザーですもんね」

そう言って、勇は清花の瞳《ひとみ》を覗《のぞ》き込む。

「私の場合とは違うわ。うちは義母《はは》も元ダンもいるから」

「でも離婚はしているわけですもんね」

「そうよ？　だから？」

「それって……『うち』って言えるんですかね」

言葉を切って氷餅を突《つつ》いている。清花は鍋を取り分けてやり、

「丸山くんは絡み酒なの？」

やんわりと話題を変えようとしたが、今夜の勇は引き下がらない。スープボウルに取っ手をつけたようなシェラカップで鍋をガツガツ食べながら、

「どうしてですか」

と、いきなり清花を見もせずに言う。

「なにが？」

「桃ちゃんはかわいいし、姑《しゅうとめ》の澄江《すみえ》さんはいい人だし、旦那《だんな》さんだって真面目ですよね。あんなにいい家族がいるのに、どうして離婚しちゃったんですか？　嫌いなんですか？　違うでしょ？」

勇は唐突に顔を上げ、真っ向から清花を見た。

「……それは……」

「勇くん、飲み過ぎだよ」

と、土井が言う。責めるのではなく、優しくも悲しげな声だった。

「いろいろあるのよ。それに、独身になったほうが上手《うま》くいってるような気も」

「そうか、独身なんだ……清花さんは独身で、今はフリーってことですか？　じゃ俺と結婚して家族になってくださいよ」

いきなり何を言い出したのかと、清花は言葉を失った。抗議しようと勇を見たが、相手も視線を逸《そ》らさない。鍋が煮えていく音だけが、クックッと聞こえた。

「……は」

から先が出てこない。冗談にしては酷《ひど》すぎる。勇は清花の瞳を見つめていたが、唐突に顔を背けて立ち上がり、リアドアの前に立った。

「……トイレ行ってきます」

そしてそのままドアを開け、暗闇の中へ出ていった。

清花は怒りで真っ赤になって土井を振り向き、土井は卓上コンロの火を止めた。

「あれ、なんですか？　冗談でもあんな」

と、清花が言うと、土井は勇が出て行ったドアを見つめて首を左右に振った。

キャンカー捜査班にしては豪華だった夕食の席が、一気に冷え切った感じがした。勇が清花に放ったジャブは、岩おこしを一撃で割った彼の叫びのようだった。清花はおもむろにジャンパーを羽織ると、勇のコートを摑《つか》んで外に出た。

風が止んで雪も晴れ、空には降るほどの星が瞬いていた。雪原となった農地の奥に低い山々の影が立ち、家々の灯は遠くまばらで、痩《や》せ細った月が浮かんでいた。桃香の絵本に出てくるような光景だ。

勇を追ってトイレのほうへ歩いて行くと、誰もいない自販機のそばのベンチに、彼はうなだれて座っていた。広げた両脚の間に上半身を傾けて、酔って吐いているのだろうかと思ったが、そうではないようだった。

清花はゆっくり近づいて、黒いコートで勇の背中を覆った。

「……すみません」

いいのよ、と答えて許すべきだとわかっていたが、清花は何も答えなかった。

離婚は最善の策でなかったのかもしれない。けれど一定の効果はあった。簡単に出した結論でもない。自分一人では決められないことだから、たくさん悩んで苦しんだ。それを勇に、あんなふうに揶揄《やゆ》されたくない。

無言で後ろに立っていると、勇はすごく静かな声で、

「……オレ……父親を見つけたんです……でも、父じゃなかった」

と、言った。

「えっ」

虐《いじ》めてやろうと思っていたのに、不覚にも声が出た。勇がまた言う。

「本庁で、みんなで凍死者のデータを調べましたよね？　俺が担当していた大阪で、暖房のないアパートで死んだ人がいて……左の鼻にジグソーパズルのピースみたいな痣《あざ》があって、あと……手首にリストカットの痕《あと》が……あれ……小さい頃はリスカの痕とか思いもしないで……」

「お父さんだったの？　丸山くんの」

土井とはそんな話もしてきた。でも、勇の口から言われると、どう答えていいのかわからなかった。

「だから親父じゃなかったんです」

清花は彼の隣に座った。

「どういうこと？」

前のめりになった勇は、その姿勢のまま首を捻《ひね》って清花を見た。前髪が一房額にこぼれて、今にも泣きそうな顔をしている。

「前にも話したと思うけど、俺の祭り好きは親父の影響で、その人も……死ぬまでやっぱり祭りが好きで……近所の人は『あっさん』と呼んでたらしいです。舟が燃える祭りのこともわかりました。大阪の天神祭《てんじんまつり》だったんです。舟を燃やすわけじゃないけども、俺が……捨てられる前……」

勇はキュッと唇を引き結び、両手で頭を抱えると、あとは怒濤《どとう》の勢いで喋《しゃべ》り始めた。

「記憶にあった炎ですけど、本物の火じゃなくて舟を飾った提灯《ちょうちん》でした。それが氏子衆の背中に映えて、燃えてるみたいに見えたんです。写真の男性の痣を見て、リストカットの痕を見て、有休取って大阪府警に行きました。その人、『あっさん』は身元不明で合葬された後でしたけど、書類が残っていたんで読ませてもらって、住んでたアパートにも行ってみました。『あっさん』は、死ぬ前に身元がわかりそうなものを処分すると言ってたようで、行きつけの一杯飲み屋の親父に話を聞いたら、俺の写真を持っていたって」

「丸山くんの写真を」

頷《うなず》いて、勇は続ける。

「三歳頃の写真だそうです。法被で鉢巻きしてるやつ。飲みながらよくそれを見ていたと。息子だと言ってたようですが、息子はどうしてるんだと訊《き》くと、東京で立派にやってると答えたそうで。自分とは、もともと住む世界が違うんだって」

「じゃ、丸山くんのことを知っていたのね？」

「こんな親だと息子に迷惑かけるから、写真なんか持ってちゃいけないんだよなと」

「……どうして」

勇は首だけ上げて空を見た。

「舟が燃える祭りが天神祭とわかったんで、北区《きた》へ移動して天満宮《てんまんぐう》のあたりを歩いてみました。昔の記憶が蘇《よみがえ》ってくるかなと……でも、ダメだった。それで今度は、彼が働いていた警備会社へ行ってみました。死ぬ直前まで警備の仕事をしてたらしいけど、当時とはすでに人が替わってしまって……だけど、『あっさん』と一緒に旗振りしていた人を教えてもらうことができました。その人も競輪競馬が大好きで、彼と仲がよかったというので競輪場に……験を担いで同じ場所にいることが多いと聞いて張り込んで、赤い帽子に前歯の抜けた七十がらみの男と会って、話を聞けたんです」

「その人はなんて？」

「『あっさん』は、伊丹《いたみ》市の出だと言ってたそうです。阪神淡路《はんしんあわじ》大震災で自宅が倒壊して両親が死亡、新しく家を建てて兄夫婦と暮らしていたけど、その兄も死んでしまったと。息子がいると自慢していたようですが、息子は生活を援助してくれないのかと聞くと、いつも機嫌が悪くなったと……阪神淡路大震災は俺が生まれる一年前です」

次は伊丹市に行きましたと、勇は言った。

「震災のとき、伊丹市の死者は二十二名で、負傷者の数は二七一六名だったそうです。二十二名の中に丸山姓の夫婦がいたので祖父母の名前がわかって、次には祖父母を知る人たちから話を聞いて……そうしたら、『あっさん』は独身で、俺が生まれた年も独り身だったとわかったんです。ただ、お兄さんには子供がいたって。たぶん、その子が、俺でした」

「……え」

「そこから話が早かった。俺の父親は丸山拓実《たくみ》、母親は陽子《ようこ》、同居人の叔父《おじ》が敦史《あつし》です。一九九九年、車の事故で運転席と助手席の両親が死亡。チャイルドシートで後部座席にいた俺だけが助かったんです。でね？」

と、勇は清花に笑った。

「その事故の賠償問題を扱った弁護士事務所にも行きました。それでようやく謎が全部解けたんですよ」

雪原の上を薄っぺらな雲が流れていく。星の光は鋭く冷たく、月は見る間に在処《ありか》を変える。清花は勇の様子がおかしかった理由を知った。

大好きだった父親は、実は叔父だったのだ。

「両親が死んだとき、俺はまだ三歳になったばかりで、震災のこともあって親は高額な死亡保険に入っていたそうです。父親は証券会社のサラリーマン、母親も仕事をしていて、二人の保険金が八千万、加えて相手からの慰謝料と……でも、俺は子供だから、叔父が後見人となりました。祭り好きで陽気な叔父が」

その後のことは土井から聞いた。

その人物は勇を子供病院に置き去りにしたのだ。たぶん財産を使い込んで食い潰《つぶ》し、勇を育てることができなくなって、子供病院に捨てたのだ。

考えるより早く、清花は勇に覆い被《かぶ》さって抱き寄せた。腕に手をかけ、上下にさする。勇は抗《あらが》うことをせず、

「俺……結構まっとうな夫婦の子供だったんすよ」

と、静かに言った。

「なのに……覚えてるのはそっちの父親のことばっかりで……俺……あの人が大好きで……ホントに大好きだったのに……なんなんすか、これ？」

「うん……うん……」

彼も勇を愛しただろう。絶対そうに決まっている。祭りに連れ出して、たくさん笑顔にさせたのだ。それが利己的で浅はかな愛であったとしても、子供にとっては楽しい日々だったに違いない。

「俺、土井さんが身元引受人になってくれたから警察官になれたんですけど、交番勤務のときに、遺失物預かりの現金をちょろまかしたことがあるんですよね」

「え」

思いも寄らない告白だった。勇には疵《きず》がないと思っていたのに。

彼は俯《うつむ》いたままで清花の反応を待っている。

「どうしてそんなことしたの」

と、訊いた。訊かずに理解などできないからだ。

「……その金は……四万円だったけど、それって大金じゃないですか。なのに誰も取りに来ないんです。オレ、なんかモヤモヤしちゃって、持ち出して赤十字の募金箱に突っ込んで……土井さんがすっ飛んできて、メチャクチャ叱られたっていうか……でも、土井さんは自分に迷惑かけたから怒ったわけじゃなく、トコトン話を聞いてくれたんですよ。そういうの、俺は初めてだったから、本当のこと言うと、理由は、そのときは、自分でもよくわかっていなかったんだけど……たぶん頭にきちゃったんですよね、たぶん、うん。世の中は不公平だなって」

「知らなかった。もしかして、それで地域潜入班に？」

頷く代わりに微笑んで、勇は言った。

「警察官、辞めようかなって思ったんですけど、逃げてどうするって土井さんにまた怒鳴られて……俺のやったことは全警察官の顔に泥を塗る行為で許されない。でも、一度の過ちで将来を切り捨てるつもりはないし、楽もさせない。自分のケツは自分で拭《ふ》けって……あと……犯罪に手を染める者の気持ちがわかる警察官が必要なんだと、そう言って……それで土井さんの保護観察付きで生活安全局に……それからここへ」

「そうだったのね」

勇は清花の腕から抜け出すと、立ち上がってコートの袖《そで》に手を通し、ベンチの清花を見下ろした。

「清花さん、呆《あき》れたでしょ？　実は俺ってこんなヤツだったんです。ヒドいでしょ、ずっと考えていた。自分のルーツがわかったら……親父の事情がわかったら……捨てられたことも仕方ないなと思えたら、なんか、ちょっとはまともなヤツになれるんじゃないかと……たとえあの人が、あんな死に方していても」

言葉を切ると、音を立てて洟《はな》をすすった。泣いているのだ。俯いて、前髪で顔を隠して、鼻水を拭《ぬぐ》う素振りで涙を拭った。

「そうか……丸山くんは彼を許してあげたかったのね？　そうだったのか……」

清花は胸にこみ上げてくるものを押さえ込み、この感情は何なのだろうと考えた。同情ではない。怒りでも、諦《あきら》めでもない。清花はただ親として、捨てられた勇の気持ちも、捨てた叔父の気持ちも、その両方がわかる気がするのだ。

「そうか……ごめんね……丸山くん、ありがとう」

「なんで清花さんが謝ってんすか」

なぜって、だって……思いは溢《あふ》れるほどなのに、言葉よりも先に涙がこぼれた。

清花もベンチを立ち上がり、頬も拭わず勇を見上げた。

「叔父さんの気持ちがわかるから私が代わりに謝るの……丸山くんを捨てたくなくて、でも、自己嫌悪に押しつぶされて、卑怯《ひきょう》な気持ちで逃げ出して、そのあとも死ぬまでずっと自分を責めた。幸せになっちゃいけないと思って惨めな生き方を敢《あ》えて選んだ。そうすれば丸山くんを捨てたことを正当化できるから」

「そんな」

「自分といるより立派に育つと信じたかった……でも丸山くんが好きだから、ずっとあなたを見守っていた……施設にも時々来ていたはずよ。東京にいると知っていたわけだから」

「そんな自分勝手な」

「そうだよね、ヒドいよね、だから……ごめん」

清花は深く頭を下げて、自分の膝《ひざ》を見つめて泣いた。

「ごめんなさい。あなたを育てられなくて……ホントにごめん、ごめんなさい」

「うわあーっ」

唐突に勇は声を上げ、空を仰いで泣き出した。子供みたいにしゃくり上げ、泣きながら拳で何度も自分の額を打った。その姿を見ないよう、清花は頭を下げていた。

死んだ勇の叔父が背中に乗って、一緒に詫《わ》びているような気がした。

ごめんな、ごめん。弱くてごめん。おまえの金を使い込んでごめん。俺はダメだ、ダメなヤツだ、だけどおまえは兄貴の子だから、こんな俺とは違うんだ。

清花は彼の叔父のことも、小さかった勇のことも知らないけれど、祭りや蝶《ちょう》の思い出を嬉《うれ》しそうに語る勇なら知っている。それは父親の影響だと、誇る姿もずっと見てきた。叔父が彼を愛していなければ、こんな好青年に育ったはずがない。彼は勇を愛してた。勇も彼を愛してた。愛していたのに上手《うま》くいかなかったのだ。

清花は泣きじゃくる勇を無言で抱いた。背中に腕を回して力を込めて、冷えた体を温めた。ここにいるのは捨てられた子供、成長を止められたまま勇の中で生きていた子供だ。でも、もう自由になっていい。愛《いと》しい人があんな姿で死んだことも、その人が思う人物ではなかったことも、独りで全部受け止めなくていい。私がいるから。私やボスや万羽さんがいるから。

「ごめんね、ごめん。独りで大阪に行かせてごめん」

駐車場の外灯の下に、しょぼくれた土井の影が立つ。清花はその影を見て、勇の肩で涙を拭った。ボスの推理は半分当たり、半分違っていましたよ。

勇だけは疵がないと清花が思っていたことも、違っていたのでおあいこだ。

二月の風は冷たかったが、勇の体は温かく、涙もやはり熱い気がした。

第六章　死霊となった雪女

　翌早朝の車内では、昨夜食べ残した鍋《なべ》の残りと、土井のコーヒーが朝食となった。生ゴミを出さないためにも食材は余さずきれいに平らげる。酒はスッカラカンになり、三人で一升を空けてしまった計算になるが、二日酔いになった者はいなかった。

　朝のトイレに寄ったとき、清花は自販機で三人分のオレンジジュースを買った。それを食卓に載せて『いただきます』をする直前に、勇が立ち上がって頭を下げた。

「ゆうべはすみませんでしたっ！」

　昨晩の勇は思うさま泣いてしまうとトイレに消えて、顔を洗って戻って来た。土井は遠くからずっと様子を見ていたが、特に何も言わずに今に至った。

「俺、気持ちの整理ができたんで、今日から心機一転がんばります」

「そうね」

　と、土井は薄く笑って、

「冷めないうちに食べようか」

とだけ、言った。勇は鍋もバター餅《もち》もいぶりがっこも平らげて、歯を磨く前にグミまでよこせと清花のほうへ手を出した。

「コーラにしてよ、コーラに」

お願いしたのに、ヘラヘラしながらフルーツ味のグミまで取った。勇はやっぱりこうでなくちゃ、と、清花は思う。

「ここから秋田市内までは約一時間。そこから工務店まで三十分というところだけど、まちなかなので駐車スペースがないんだよね。工務店のことも調べたいから、少し離れた露天の駐車場に車を停めて、あとは歩きだ。寒いから暖かい恰好《かっこう》で」

スマホでネットをサーチしながら土井が言う。

「都市部は立体駐車場が増えていてさ、キャンカー乗りも足で稼ぐ時代になったたな」

土井と勇がルートの相談をしているうちに、清花は桃香に電話して、『いってらっしゃい』とだけ、言った。

「桃ちゃん、学校へ行きましたか?」

と、勇が訊《き》いた。

「行ったわ。学校、楽しいみたい」

「いいっすねえ」

結婚して俺と家族になってくださいなんて絡んだことは、すっかり忘れた笑顔だ。だから清花も無礼を許してやることにした。

昨夜は晴れ間もあったけど、この日は朝から雪がチラついていた。気温計が示す外の温度はマイナス五度で、排水が凍らないよう、土井はグレータンクのヒーターを入れっぱなしにしている。住宅の外水道よろしくキャンピングカーでは外部の排水タンクが凍ってしまうからである。

朝食を終えると片付けをして、今日は勇が助手席に座った。

雪は次第に強くなり、駐車場を出る頃には斜めになって降り出していた。

「あまり積もらないといいけどなあ」

と、土井が言う。

「それこそ雪女に会いそうですもんね」

首を伸ばして空を見ていた勇は突然、

「思い出した！」

と、大声を上げた。

「脅かすんじゃありませんよ」

怯《おび》えた声で土井が言う。

「そうよ、いきなりなんなのよ」

後部席から清花も叱ると、勇はシートベルトを外して振り返り、

「ホストですよ！　郡山のホストクラブのホストです。清花さん、もう一度写真を見せてください」

手を伸ばすので画像を出してスマホを渡すと、勇は座り直してそれを見て、

「シートベルト」

と、土井に言われた。

「あ、うー……似てはいるけど違うかな、ホストだもんな……てかこの人、女性じゃないですか？」

奇妙なことを言う。清花も突然思い出した。チョコレートパンのような羊羹《ようかん》のパン、先入観と勘違い。ずっと心に引っかかっていたのはこういう違和感だ。幽霊か、雪女か、ホストクラブにいるのは男性か、けれど女性だったのか。

「女性？　どうして？」

勇はルームミラーから清花を見た。

「この前も俺、生活安全局の仕事で大久保組の摘発に出たじゃないすか」

資料検索室で凍死者の写真から痣《あざ》を探したときのことだ。勇は遅れてくると聞いたけど、仕事の開始に間に合った。

「そうですよ、だから見た気がしてたんだ」

勝手に完結してスマホを見ている。

「この人、コスプレイヤーみたいな感じっすよね？」

清花の胸がザワついた。ホストクラブにいた紫色の髪の男が何か言っていた。メイクは彼の仕事なのに、その子は自分でメイクした。触らせてくれなかったと。もしかしてそれは、彼が女の子だったからなのか。

「だけど、ホストクラブの若い子はみんなそんな感じだったわよ？　三十代くらいの店長は目立つメイクをしてなかったけど、外に貼り出された写真を見たら、ほとんどの子がバッチリメイクで、ヘアスタイルも……」

言いながら、まだ考えていた。慣れているとその子は言った。

「そうかー、でもなー」

「どこが気になっているんだい？」

と、運転席から土井が訊く。勇は清花にスマホを返して、自分の捜査手帳を出した。

「あー、交番勤務のときだったから、メモってないや」

「だから、どうして女の子だと思ったの？」

「雪女がらみで思い出しただけかもしれないけど、補導したことがあるような……」

勇は首だけ回して言った。前席と後部席で会話するときは、前を向いて話をされるとエンジン音が邪魔して聞こえにくいのだ。

「大久保公園で？」

「そうです」

　と、勇は答えた。

「万羽さんに調べてもらえばわかるかなあ。あれってデータ残してますもんね？　補導した子のリストとか」

「残しているね。データじゃなくて書類だけどね」

　と、土井も答えた。

「ええっと……俺が六丁目交番にいたときだから……」

　勇は自分のスマホで福子にメールしている。清花はホストの写真を見つめた。

　女の子と聞けばそうとも見える。肩幅はあるようだけど、ずるっとしたセーターの下に何か着ているだけかもしれず、顔だけではどちらかわからない。最近の男の子は肌もきれいだし、メイクもするから。

「万羽さんに頼みました。保護活動のリストがきたらプリントアウトして確認してみます。名前とかは全然覚えてないけど、顔が二色になる子で、スノーホワイトって呼ばれてたんですよ」

　触らせてくれなかった。と、紫の髪のホストが頭でまた言う。

　祟《たた》り……酒屋の女将《おかみ》の言葉も聞こえた。

「スノーホワイトは雪女じゃなくて白雪姫よ」

「ウリが雪女とかダメでしょう」

「どうして二色になるんだい？」

「どうしてっすかね、寒いと顔が二色になるって言っていました。いい子なんですよ、っていうか、みんな基本的にはいい子なんですよね。居場所がないっていうだけで」

そういう子たちを補導するのに、勇はいいおまわりさんで、親身に話を聞いてやっていたのだろう。

「でも、ホントに似ているんですよ。まさか兄妹《きょうだい》とか、双子ですかね。メイクや服装や髪型が違っても、雰囲気はあまり変わらない気がするんです。独特の透明感といったらいいのか、凄《すご》みといったらいいのか、そういうところがおんなじで」

「その子は何歳くらいだったの？」

と、土井が訊く。

「当時で十代ってとこじゃないですか。こっちも少年少女の保護に行ったんで」

車は田園地帯を走っている。空も景色も灰色で、フロントガラスに向かってくる雪だけが白い。景色はかすみ、ときおり風が車のボディに体当たりする。

走り出して約一時間。車が秋田市内に入ろうというところで、勇のスマホがけたたましく鳴り出した。

「うわ、驚いた、万羽さんからです」

勇はそう言うと、スピーカーにセットした。

清花も運転席に身を乗り出して、土井と三人で通話を聞いた。

――勇くん？　万羽だけど、保護活動のリストを見てたら、とんでもないことがわかったわ！――

興奮している。

「え、なんすか、ちょっと怖いんですけど」

――補導リストに『山口倫子、二十六歳』がいるのよ――

清花の心臓がドクンと鳴った。土井もチラリと助手席を見る。

――保護活動の書類はリストだけで写真の添付はないんだけれど、たぶんこれよね、勇くんが探しているのは――

「山口倫子は蔵王で凍死した母親の名前です」

清花が言うと、

「しかも享年二十六」

と、土井もつぶやく。

「そのスノーナントカって女の子も二十六かい？」

「嘘ですよ。いってても二十歳か、俺の印象では十八くらいだったと思います」

「丸山くんが交番にいたのっていつよ?」

「もう四年くらい前っすね」

——どうする? 山口倫子は虞犯《ぐはん》少年で、年齢も虚偽だと思うし、家裁に書類を送られている。そっちを調べれば素性がわかると思うんだけど、私のほうではサーチできない——

勇は土井を見て言った。

「土井さん。俺を駅で降ろしてください」

「了解」

そう言うと、土井は前方に見えたコンビニの駐車場へとハンドルを切った。

「万羽さん、感謝です。俺、新幹線でそっちへ戻って調べてみます」

すると福子の声がした。

——オッケー。っていうか勇くん、声の調子が戻ったわね——

ポン、という感じで通話は切れた。

「どう思う?」

と、土井が訊《き》く。後部席から清花は言った。

「さっき丸山くんがホストの写真をコスプレイヤーみたいと言ったとき、何か引っかかった気がしたんですけど、あれよ。たぶん今回の一件では、私たち、本質を見誤っている気がします。幽霊や雪女のせいで、見るべきものを見ていないのかも」

「あ、そうだった……思い出したぞ。その子は事故の後遺症で顔が二色になっちゃうから、ファンデーションで隠してるって……え？」

「え。ってなによ、え、って」

話しているうちにコンビニに着き、土井は駐車場へ車を停めて、カーナビの行き先に秋田駅と入力した。通りの広さを確認し、迷惑にならずに勇を降ろせる場所を探す。

「コンビニへお金を落としてきてよ」

言われたので清花と勇は車を降りて、大急ぎで店に飛び込んだ。清花が飲み物を選ぶ間に勇は果汁グミを何袋か買って、さりげなく清花にくれた。

「山口倫子には息子がいたじゃないですか。それで俺は閃《ひらめ》きました。いや、清花さんが『本質を見誤って、見るべきものを見ていない』とか言ったからなんですけどね、もしかして雪女の正体は……」

車に戻りながら勇が言った。

「私もそれを考えていた。でも、勇くんが補導した山口倫子は少女なんでしょ？」

後部席のドアに手をかけると、勇が止めてこう言った。

「俺が先に降りるんで、清花さんは前に乗ってください。後ろで荷物をまとめて降りられるようにしとくんで」

それで席を交換した。

もらったグミは袋のままポケットに押し込んで、助手席に乗って飲み物を配る。

「東京までは四時間かかる。すぐ出るよ」

土井は車を発進させた。

「男か女かって話ですけど」

と、後部席から勇が言う。

「大久保には男娼《だんしょう》もいるんです。それで、あの子がどっちだったかと言えば、俺は女の子と思っていたけど、もしかしたら男の子だったのかもしれない。だとすれば山口倫子の息子でもおかしくないし……」

清花は自分の捜査手帳を開いた。

「山口倫子が凍死したのは十七年前。子供は裕真で、当時五歳。現在は二十二歳」

「スノーホワイトは俺が補導したとき十八歳くらい……十八歳になると体はかなり男っすよね……うーん……そうなると、やっぱりちょっと違うのか」

「女の子に見えたか、本当に女の子だったたってことだよね」

と、土井が言う。

「なんつか、不思議な子でしたよ。だから覚えていたのもあるけど……結構何人も補導するんで。でも、その子のことはすごくはっきり覚えてますね」

「何が印象に残ったわけ？」

清花が訊くと、勇はしばらく考えて、

「えー……うー……あ、そうか、歌だ」

と、言った。

「なにそれ」

歌手にでもなりたくて都内にいたかと思ったが、勇の話は違っていた。

「あれ、なんていうのか……交番で調書を取ったとき、突然失神したんですよね。そうだ。だんだん思い出してきた……思い出し始めたら一気に来たぞ」

勇はヘッドレストを摑《つか》んで身を乗り出すと、清花と土井の真ん中に顔を出した。

「貧血みたいな感じで椅子ごとバーンと横に倒れて、俺もメチャクチャ驚いて、覗《のぞ》き込んだら……天井を見つめて歌ってたんです」

「ええ」

勇は清花を見て言った。

「怖いでしょ？　冬の真夜中ですよ、メッチャぞーっとしましたよ。大丈夫か？　と訊いたら笑うんです。あー、そうだ、思い出してきた……マジホラーだったんだ」

「歌っていたのは歌謡曲かい？」

と、土井が訊き、

「今どき『歌謡曲』とか——」

と、勇は笑った。

「——違います。あれは……」

「え、じゃ、なに?」

勇は首を傾げながら、「民謡ですかねえ」と言う。

「土地の歌という感じ……子守歌なのかなんなのか、聞いたことのない歌でした」

「どんな歌よ」

桃香がいるから聞いたことがあるかもしれないと思ったが、

「イタチとかサンギョウとか、キミコどんが娘を鍋《なべ》で煮て食ったとか」

「気持ち悪い……丸山くんをからかっていたんじゃないの?」

「そうですかねえ? まあ、俺も警官になりたてで、舐《な》められてたのかもしれないですけど……でも、精一杯対応したんだけどなあ」

「サンギョウ」

と、土井が呟《つぶや》いた。

「当てる文字にもよるけどさ、三業は待合、芸者、料理屋を示す言葉だよ」

「宮藤公子は三業よね……え?」

清花は勇と土井の顔を交互に見やった。

「酒屋の女将《おかみ》が一度だけ、宮藤まさ子をキミ子と呼び間違えたの、覚えてる？」

「え。いや……」

勇も土井も頭《かぶり》を振った。

「あのときは単なる間違いだと思っていたけど、もしかして、本当に、宮藤まさ子のことだったとか、ないわよね？　ほら、公卿《くぎょう》の『公』と書いた場合はキミ子とも読むのが一般的でしょ？」

土井はしばらく考えていたが、唐突に、

「それで言うなら伊達《だて》拓也《あきなり》もだ。イタチとも読めるよね」

「なんなんですかね――」

と、勇は言った。

「――山口倫子の息子が雪女に化けて、母親を凍死させた人物を次々に殺しているってことですか？　それとも母親の霊が憑依《ひょうい》して」

「憑依したと言うのなら、それが一番納得できる答えの気がする」

清花は言う。

「復讐《ふくしゅう》とするなら方法がまったくわからない。全員凍死で、なぜここ三年なのかもわからない」

「息子の裕真は二十二歳で、それも関係しているのかな……二十二歳って、何かありましたっけ?」

「四年制大学の卒業」

と、清花が言うと、

「まだ推測の域を出ないなあ」

と、土井はつぶやき、「但し」とすぐに付け足した。

「本当に復讐、もしくは祟《たた》りなら、山口倫子の死に関わった人間がもう一人いるよな」

「工務店の社長ね」

「そうだ。勇くんを降ろしたら、ぼくらでそっちを聞き込もう。幸いにも荒天だしね、雪女が出そうな天気ではある」

車は秋田駅へと向かう。

東北の雪は粒が大きく、羽毛が風に舞うようだった。


勇を東京へ帰してから、清花と土井は最寄りの駐車場へ向かった。

山口倫子が遭難した当時、クヌースの社長唐洲寛とスナックの経営者宮藤公子、塗装会社の伊達拓也らと共に行動していたのが、クヌースの総務にいた佐々木《ささき》正広《まさひろ》ではないかと福子は言った。遭難事故の直後に彼はクヌースを退社して、現在は秋田市内で工務店をやっている。

　車を駐車場に入れると、清花らは佐々木工務店がある一帯を歩き回って空き物件を探した。それは秋田市内に店舗を構えることを検討しているとの理由で、佐々木工務店が会員になっている建設業の協会事務所を訪ねるためだ。

　次に協会事務所とアポを取り、優良工務店を紹介して欲しいと頼んだ。

　平日の昼下がり。狭苦しい事務所の受付に清花と土井は並んで座り、対応する事務員と向かい合っていた。希望する空き店舗について告げ、工事を担当する会社を紹介して欲しいと頼む。

「店舗の賃貸借契約が成立して改装する場合、近間の工務店さんがいいと思ってこちらへ来ました。闇雲に業者を選んでも、いい仕事をしてくれるかわからないので」

　と、清花は無邪気な調子で言った。

　建設業協会の事務所には、工事業者の紹介や資金繰りの相談に乗ってくれるサービスがあるのだ。担当者は中年男性で、小学校の教頭先生のような雰囲気の人だった。ごま塩頭にメガネをかけて、紺色のスーツにピンク色のネクタイを締めている。

「店舗はどのくらいの規模ですか？」

　清花はスマホに撮ってきた空き店舗の写真を見せた。土井はヒトシ叔父《おじ》ちゃんの設定で、姪《めい》っ子の相談役だ。担当者は写真を見ると、

「そんなには広くないですね」

と、言った。

「はい。ですから、小回りが利いてなんでも相談できるところがいいなと思って。大きな会社ではなく地元の工務店さんみたいな」

「一人親方のような感じでも構いません。ぼくらもお手伝いしたっていいし」

「なるほど……開業資金はなるべく抑えたほうがいいですし、長く商売を続けるつもりなら、無理せず始めて少しずつ広げていくほうが……」

名簿をめくりながら『教頭』は言う。

「近場で小回りが利きそうなのは佐々木工務店さんと、あとはアスク工業さんがありますね。ちょっと離れますけど河嶋《かわしま》建設さんも、親方が頑固ですけどいい仕事をします。こっちは元が左官屋さんで、凝った水回りの提案をしてくれますが」

「アスク工業さんはどういう会社ですか？」

敢《あ》えて離した質問をする。

「アスクさんは社長が二代目で、まだ若いです。ただ、年配の職人を抱えているので仕事はしっかりしています。まあ、今風なデザインの店舗ならセンスがいいし……」

「佐々木工務店さんはどうでしょう」

と、土井が訊《き》く。

「佐々木工務店さんもいいですよ。社長は仙台の大きな会社にいた人で、そこで学んで秋田に戻って、主に住宅の免震や寒冷地仕様に取り組んでいます。従業員は三人で、そのうち一人は弟さん、もう一人は息子さんで、短大を出て家業を手伝ってます。残り一人が奥さんだったかな、下にもまだ息子さんがいて、そっちは学生だったと思います。忙しいときはバイトで手伝ったりしてますが……家族でやってる感じですけど仕事が丁寧で親切なので、お客さんの評判はいいですよ。価格も良心的ですし」

「家族でやっていて価格が良心的、いいわね」

「こっちは多いですけどね。なんでも家族でやるんですよ」

「うちと似てるな」

と、土井は笑って、資料一式を受け取ってから、協会事務所を後にした。

外に出ると、歩道に雪が三センチほども積もっていた。

佐々木正広は現在四十九歳だ。クヌースに勤めていた頃は二人の息子もまだ小さかったということになる。それでも会社を辞めたというなら、やはり山口倫子の遭難事故に関与していたのかもしれない。

「どうする？」

と、土井が訊く。

その人物は故郷で順調に生活を営んでいる。かといって、もしも三人の凍死が計画的な犯罪死なら、佐々木正広にも危機が迫っている可能性がある。降り続く雪が不安を煽《あお》って、風で舞い踊る雪の狭間《はざま》に冬の魔物が見える気がした。

佐々木工務店は、秋田を代表する繁華街からそう遠くないエリアにあった。古い木造住宅や寂れた商業ビルや、アパートなどが並ぶ地域だ。工務店の両脇に広告付きの電柱があり、それが会社の看板代わりだ。通りを挟んで斜め向かいに立体ではないコインパーキングがあったので、協会ビルを出た後に、土井はキャンカーをそこへ移動した。車内が見えにくいようシールドを下げ、店の様子を窺《うかが》いながら、聞き込みをどうするべきかと話し合う。

「協会からそれぞれの会社に電話が行ったかもしれません。そうなら二人で行くか、もしくは私が行くのが自然でしょう。むしろそのほうがいいのかも」

と、清花は言った。

「ヒトシ叔父ちゃんが一緒だと、向こうは実際に仕事が取れると思うかもしれない。騙《だま》すようで気が引けます」

「うん」

と、土井も頷《うなず》いた。

「もしも遭難事故がグレーなら、その場合に一番大切なのは、彼が次の犠牲者にならないことだ。あれが祟りでも、そうでなくても」

「そうですね。では警告しても？」

「真相がわかるのが一番いいけどなあ」

「あくまでも『サーちゃん・ヒトシ叔父ちゃん』でいきますか？」

警察官の身分を隠し通すべきかと清花が問うと、

「そこは任せる」

と、土井は答えた。

清花は再びジャンパーを着込み、協会でもらったパンフレットを手に持つと、静かにキャンカーを出て行った。


わざと通りの反対側から駐車場を出て、道を回り込んで再び駐車場を通り過ぎ、工務店の前に立つ。玄関はガラス面が多い引き戸で、内部は加工用の工場という雰囲気だった。建物の一階部分が事務所と工場と駐車場で、駐車場の壁面には工具や足場板や脚立などが置かれていた。工場には人がおらず、事務所も空だ。

ガラガラと音を立てて引き戸を開けると、清花はパンフレットが見えるように持ち、

「こんにちはー」

と、声をかけた。

「はぁーい」

返事をして出てきたのは五十がらみの小柄な女性で、あかね色のセーターに黒いカフェエプロンをしていた。

「あの、土井という者ですが、佐々木工務店の社長さんに」

「ああ、はいはい」

と、彼女は頷き、

「ちょっとお待ち頂けますか」

工場の奥から椅子を持ってきて、清花にそこへ座れと言った。

座面が丸い木の椅子は、上に毛糸のカバーが掛けてある。同じ椅子で同じようにカバーを掛けたものをどこかで見たなと思う。

「社長は昨夜、改装の打ち合わせで川反《かわばた》の『かっぺ』へ行って飲み過ぎちゃって、今頃お昼をしているもんで、すぐ終わりますから待っててください」

とても申し訳なさそうに言う。たぶんこの人が奥さんだ。

「いえ、ゆっくり召し上がってください。私のほうこそ突然お邪魔して」

「すぐ来ますから、すみませんねえ。仕事と飲むのと半々だから困るんですよ」

笑いながら、女性はそそくさと奥へ行く。

男女で会話する声が聞こえてしばらくすると、工務店の名前が入った作業着姿の男性が、手の甲で唇を拭《ぬぐ》いながら現れた。彼が佐々木正広だろう。

「協会へ相談に行った人かね？　土井さん？」

清花は立ち上がってお辞儀した。

「病院近くの空き店舗で、商売やりてえんだって？」

そうだとも違うとも言わずに腰を下ろすと、佐々木は事務所のほうへ入って行って、キャスター付きの椅子を転がして戻って来た。そこへ奥さんがお茶を運んできて、手近にあった加工台にお盆ごと載せた。ひとつは普段使いの湯飲み茶碗《ぢゃわん》で、清花のほうは茶托《ちゃたく》がついた客用だ。

「あそこは三年くらい空き店舗でさ、ほら、コロナで店を閉めちゃったんだよ。店を大きくして出てった後は客が入るっていうけどね、この頃じゃ閉めた店の出がらしばっかり残っててさ……」

清花は奥さんが引っ込むのをジッと待っていた。

そして彼女の姿が見えなくなると、口調を変えてささやいた。

「佐々木さん……紛らわしい真似をして申し訳ありませんでした。実は、私は警察庁の特捜班で、過去の事件を調べています。鳴瀬清花と申します」

加工台の下で身分証を呈示すると、佐々木はわかりやすいほど顔色を変えた。

「少しお話を伺いたいです。場所を変えますか？」

おもむろに彼は立ち上がり、奥にいる妻に叫んだ。

「ちょっと現場を見てくるわ!」

「はーい」

と、奥から声がする。

佐々木は作業用ジャンパーを羽織り、サンダルを雪ぐつに履き替えて、清花より先に店を出た。外はまだ雪が降っている。憮然《ぶぜん》として先を行く彼を、清花は黙って追いかけた。フェイクに利用した空き店舗のほうへと歩いて行きながら、工務店が見えなくなる位置まで来ると、彼は歩く速度を緩めて訊いた。

「なんの捜査をしてるんですって?」

「十七年前に蔵王で凍死した女性について」

元々清花は敏腕刑事だ。こういう場合の切り込み方は心得ている。

隣に並んで佐々木を見ると、明らかに動揺しているとわかった。

「女性は山口倫子さん。五歳の男の子、裕真くんが一緒でした。彼女は知人二人とハイキングに行って道に迷い、山小屋に避難しましたが、天候の急変などで救助が遅れ、凍死しました。ご存じですね?」

佐々木はコクンと頷いた。

「前日の捜索で別の山小屋に救助隊が派遣され、親子を見つけることができなかった。

位置が違っていたからです」

　彼は何も言おうとしない。

「親子と一緒にハイキングに出て、救助を呼びに山を下りた知人二名は、あなたが前に勤めていた会社の社長と、塗装会社の常業でした」

「カラスとイタチ」

　と、佐々木は言った。

「え」

「唐洲社長と伊達拓也って、関連業者の二名だね。社長は自分の名字がカラスでさ、面白がって伊達くんの名字もわざと音読みしてさ、イタチって呼んでたのさ。旅館で待っていたのが宮藤キミ子」

　と、佐々木は答える。

「キミ子？　宮藤さんの名前はまさ子では？」

「キミ子は商売用の名前だぁ」

「そしてあなたですね？　佐々木さん。あなたは直後に会社を辞めた。当時、お子さんたちはまだ小さかったと思います。会社での立場も相応で、お給料も」

「そげなことでねえ」

　と、佐々木は言った。

「おっかなくなって辞めたのさ。辞めてよかったと思っています」

一陣の風が雪を舞い上げ、佐々木の髪が逆立った。

「あのさ、警察の人が、なんで今さら俺んとこへ来ているわけさ……俺が話しても聞く耳持ってくれなかったのに、なんで今さら、今頃んなって、俺んところへ来てるんですか」

振り返って清花に問う佐々木の顔は、なぜか真っ赤になっていた。

「もうさ……なんで今さら……昔の話を」

「申し訳ありません」

清花は深く頭を下げた。

「そのとき対応した警察官が佐々木さんの話に真摯《しんし》に耳を傾けなかったのなら、私がお詫《わ》びします。ごめんなさい」

そのときの事情も、応対した警察官のことも清花は知らない。民間人から上がってくる情報や苦情の全てをさばききれないことも事実だ。警察官は万能じゃない。けれどもそれが、面倒だから、人手がないから、重要でないから、などの理由で聞き逃されていたならば、過去の自分に照らして申し訳ないと思うのだ。

「あんだ、そんときはまだわらすだっぺ？　いいです、頭、上げてください」

「何かご存じなんですね？」

訊《き》くと佐々木は頷《うなず》いた。

「俺は唐洲の腰巾着《こしぎんちゃく》でした。まだ若かったんで、表向きには俺がキミ子ママとつながって、色々と手配や準備をしてたんです。社長とママはできていて、でも変な関係で、社長に女を回すのもキミ子ママの仕事だったです」

「スナック愛理では、売春のほかに情報の売買もしていたそうですが、ご存じで？」

「情報？　いや」

と、言いながら、彼は舞い踊る雪を眺めた。

「情報……そういうことだったのか……だから……ああ」

彼は俯《うつむ》いて、両手で自分のこめかみを押さえた。

「だからか……そういうことですか」

清花は訊いた。

「思い当たることがあれば教えてください。十七年前、あなたは警察に何を話そうとしたんですか？」

「あのな……」

一度は清花の顔を見て、彼は再び目を逸《そ》らす。

「そうだったんだ。そうだったんだ」

そして道路脇に建つアパートの庇《ひさし》の下へ清花を誘《いざな》った。

「山口倫子って女にさ、社長は店を持たすと言ったんだ。倫子のほうがキミ子ママより素直でさ、息子もいるから逃げねえべって」

「逃げないとはどういう意味ですか」

「金で縛れるってぇ意味だ。子供に金がかかるから。俺は社長がママからそっちに乗り換える気だべと思ってた。でも、ああなって、今ひとつ事情が呑《の》み込めなかったんだ。でもわかった。今わかったぞ、情報を……そうだったんだ。だから社長は」

言葉を切って、再び清花に「あのな」と言う。

「倫子と子供を蔵王へ連れてったのは、新しい店で常連になってくれる客を紹介するって名目で、ママが彼女を呼んだんだ。宿を手配したのは俺だけど、俺は事情を知らされてなかった。てっきり、そこで伊達と倫子を寝させてさ、恋仲にして、倫子がキミ子ママから離れにくくさせるのかと……いや、まあ、それはどうでも、子供を一緒に呼んだのも、倫子を来やすくさせるためだと思ってた。実際子供は喜んでいたしな、でも、情報をやりとりしてたってんなら話は別だ。ダブルスタンダードって言うのかな、あの当時、社長は倫子に入れあげていて、俺に話したことがあるんだよ」

「なんて？」

「新規事業の内幕を、うっかり倫子に漏らしたと」

清花が黙って聞いていると、

「伊達の会社との共同事業だ。まだ青写真になる前の、そうしたら……たぶん間違いないと思うが、接待でスナック愛理を使った会社が連れてきた客が、ライバル会社の重役だった」

だから？　と、心で思いつつ、清花は眉間《みけん》に縦皺《たてじわ》を寄せた。

「わかんねえか？　その重役が、やっぱり倫子に入れあげたんだよ。俺は社長とママが大げんかしているのを見たことがある。あのときは、ライバル会社の重役が愛理の客になっていたのを知って怒ったのかと思ったが、情報を売っていたというなら理由がわかった。社長は『なんとかしろ』と怒鳴っていた。倫子の口からライバル会社に情報が漏れるのを恐れたわけだ」

「彼女の遭難は仕組まれたことだと思うんですね？」

佐々木正広は頷いた。

「俺は忠告したんだよ。旅館を取るとき、天気が崩れそうですがって。社長は構わんと言ったよ。顔合わせができればいいんだってさ、だけど山の装備を持ってった。社長はもともと山登りが趣味で」

「え？　じゃあ、蔵王のことは」

「よく知ってたさ。避難小屋の名前を間違えるわけねえべ。俺は警察にそう言ったんだ。でもさ、低体温症と疲労なんかで頭がボーッとなることはあると言われた。男二人が下山したのもおかしいだろ？　もしも俺なら、どっちか残して母子を守るよ」

「あなたはそれで会社を辞めたんですか」

「警察に言っちゃったからね。会社にいられるわけがない。それに、いい加減嫌気がさしてもいたんだ。汚い仕事をやらされて、俺は建築士なのにさ。キミ子ママにも嫌気がさしてた。あんな女はほかにいないよ。倫子と子供が置き去りにされて、理由はわからなかったけど、ママが嫉妬《しっと》してやったんだと思った。俺にも息子が二人いる。倫子の子供と歳だって違わない。子供まで巻き込むなんて酷《ひど》すぎる」

アパートの向かいに菓子屋があって、軒先の幟《のぼり》がバタバタ鳴った。

今にも風で倒れそうなので、菓子屋の人が出てきて幟を片付け始めた。工務店の社長に気がつくと、

「寒いねえ」

と、頭を下げる。

「んだな、風邪引くな」

佐々木は答えて振り返り、

「あんたの聞きてえことは聞けたか？」

と、言った。

「もうひとつだけ」

そう答えると、彼は再び歩き始めた。斜め後ろをついていきながら清花は告げた。

「クヌースの会長唐洲寛は昨年の十一月に北海道で、伊達拓也と宮藤公子は三年前と二年前の冬にそれぞれ岩手と福島で、三人とも凍死しているのをご存じでしたか？」

「ええっ」

と、彼は目を剝《む》いた。

「凍死？　なんで」

「実は、そっちをメインで調べていました。山口倫子の遭難事故は、調査の途中で浮かび上がってきたものなんです」

「……凍死……」

彼は苦しそうに顔を歪《ゆが》めて、不意に背後を振り向いた。

「どうして凍死」

「スナック愛理で山口倫子と親しかった女性は、祟《たた》りだと――」

そしてさらにこう言った。

「――祟りなら」

「最後が俺の番ってか」

「脅すつもりはありません。その三人とも耳の後ろに三つの痣《あざ》が残っていました。縦一列に並んだ丸いかたちの小さな痣です。社長さんはそれに心当たりが？」

「痣？　いや」

「山口倫子の遺体にも痣があったとか」

彼は泣きそうな顔で首を左右に振った。

「……そうですか」

「あの母親の死に様は……俺は一生忘れねえと思うよ。遺体が下りて来たときに、俺らは迎えに出たんだけどさ、凍った顔で目を開けて、ギッとこっちを睨《にら》んでた……そりゃそうだ……あの顔は、騙《だま》されたって知ってた顔だ」

「こういう話を信じるわけでも、怖がらせるわけでもないんですけど、死ぬ直前に三名の周囲で雪女のようなものが目撃されているんです」

「死んだ倫子か」

清花は眉尻《まゆじり》を下げて言う。

「わかりません。でも、どうか気をつけて」

佐々木はもの言いたげに清花を見ていたが、やがて身を翻して来た道を戻り始めた。

その背中に、

「ありがとうございました」

と、清花は言った。

風が巻き、雪が舞い、うなだれた男の後ろ姿を霞《かす》ませていく。狭い小路《こうじ》にも、広い道路にも、街路樹にも電線にも雪は積もって、見上げると灰が舞うようだ。

　土井に連絡しようと向きを変えると、さっきまで菓子屋の幟が立っていたあたりに白い人影がぼんやり見えた。真っ白で長い髪、白くてヒラヒラしたコート、風が髪を舞い上げる様は小さな竜巻のようだった。え？　と思ってよく見ると、電柱の足元に積み上げられた雪の山から粉雪が舞い上がっているのであった。

　車が工務店の近くに停まっているため、清花は社長とは別のルートで駐車場を目指した。雪のせいで薄暗く、暮れていくのか、そうでないのか、よくわからない。時間を確かめると、早くも午後六時に近かった。

　勇はどうしているだろう。すでに東京へ着いたはずだが。

　そんなことを考えながら駐車場を目指す。佐々木正広と話してわかったことは、山口倫子の遭難事故が仕組まれたものであった可能性と、それを主導したのが唐洲寛と宮藤公子らしいということだ。伊達拓也は佐々木同様に腰巾着《こしぎんちゃく》だったのかもしれないし、倫子を懐柔するために、敢《あ》えて年の近い彼を使った可能性もあるのではないか。

　今回の件は調べるほどに祟りと思える。死因が凍死であるからだ。けれど幽霊に痣は残せない。痣に原因があるのなら、それは幽霊の仕業でも祟りでもない。雪を融《と》かして、それが覆い隠してしまったものを見つけなければ。

調査に出て五日目。清花と土井はとてつもなく風が強い海際の道の駅で朝を迎えた。車内で聞く外の雑音にはかなり慣れたが、車を揺らす風は恐ろしく、清花は明け方まで眠ることができなかった。秋田の風は一定方向に吹くのではなく突然向きを変えるので、ゆらゆら揺れているなと思っていると、逆方向からバン！　とボディを叩《たた》かれる。初めは誰かが外でいたずらをしているのかと思ったが、そうではないとやがてわかった。一晩中車の外にいて前後左右から攻撃してくるような暇人は、どこを探してもいるはずがない。

ベッドを出ると土井の姿はもうなくて、車外で積雪やタイヤの緩みを確認していた。自称山口倫子のことを調べに戻った勇の報告待ちなので、のんびりと時間を過ごして昼過ぎに再び秋田市内へ移動した。

福子か勇から連絡が来たら、東京へ戻るか、別の場所へ移動するか、清花だけが一度秋田駅から新幹線で家に帰るか、どうするべきかと話し合う。結論が出ないまま、土井が雪の状況と車の足回りなどを確認しに外へ出て行った午後四時過ぎに、いきなり清花のスマホが鳴った。

「はい、鳴瀬です」

——勇くんがすごい剣幕でそっちへ向かったわよ——

電話は福子からだった。

「え？」

——もうね、メチャクチャ大変だったのよ。昨日の夕方こっちへ戻って、そこから手分けしてしらみつぶしに……やっと機嫌が直ったと思ったら、別の意味で、あんな勇くんは初めてよ——

福子はまたも興奮していた。

——土井さんのスマホにかけたんだけど出ないのよ。だから運転中かなと思って清花ちゃんに電話したんだけど——

見れば土井のスマホは運転席のコンソールボックスに置かれたままで、本人は外でキャンカー乗りと談笑している。旅先でよく見るいつもの光景だ。昨日の雪も夜には止んで、積雪は十センチ程度というところ。除雪車が通って道路には雪がない。

「ボスは外です。知らない人と話しているので私のほうで話を聞きます。順を追って教えてください。自称山口倫子の身元はわかったんですか？」

——そっちは勇くんが調べていて、私は山口倫子の子供の行方を追っていたのよ。手分けしたの。裁判所の記録は私のほうでは調べられないから——

確かにそうだ。そのために勇は東京へ戻ったのだ。

「山口倫子の子供はどうなったんですか？」

——不倫相手は認知していなかったので、彼女が死亡すると倫子の実家に連絡が行って、一度は実家の祖父母に預けられたんだけど、十歳のときに東日本大震災があって祖父母が被災、その後は倫子の姉が引き取って江口《えぐち》姓になってたわ——

「消息は？」

——姉夫婦の家は高崎《たかさき》にあるの。江口裕真は有名進学校に進学したけど、母親と遭難したとき酷《ひど》い凍傷を負って、鼻や耳まで失ったとかで、何度も形成手術をしたみたい。入退院を繰り返しながらも成績優秀ってすごいわよね——

自称山口倫子は寒いと顔が二色になると勇は言った。そのせいだったのか。

「高校を出て東京へ？」

——薬学部に進学している。精神科の既往歴があって、医療に興味をもったみたいなの——

「既往歴ですか？」

——遭難事故がトラウマになったの。高校生時代は突然意識を失ったりすることがあったらしいわ——

「高崎から通っていたんでしょうか」

——そこなのよ——

福子はやや間を置いて、得意げに答えた。

――勇くんの話があったから、まさかと思いつつも無関係の女の子が山口倫子の名前と享年を騙《かた》って大久保で立ちんぼしてたって偶然はあり得ないなと……でね、警察の記録を調べてみたら、江口裕真は四年前の夏休みに、一般家出人として行方不明者に登録されていた。勇くんが大久保で補導したのが彼ならば、そのときは女の子の恰《かっ》好《こう》をしていたことになるんだけれど――

「スノーホワイト……雪女」

と、清花は言った。

「でも、男の子なら……」

――それについても調べたの。もしかすると疾患のせいでホルモンのバランスが崩れたのかも。その場合、体の変化も遅れるみたいよ――

話していると、キャッチが鳴った。

「丸山くんから電話が来ました」

――私からは以上だから。彼をピックアップしてあげて。それじゃ――

通話が切れて、勇とつなぐ。

「もしも……」

と、言うが早いか勇は叫んだ。

――清花さん。俺、間違えてたかも！　自称山口倫子が秋田へ向かいました――

「え、どういうこと？」

土井が車に戻って来た。

「ボスが来たから、いま……」

と言っている間に、勇との通話は切れてしまった。福子からこちらへ向かったことは聞いたが、何があったのだろうと思っていると、また勇から電話がかかった。

――電波……悪……新幹線で……トンネル――

「わかった。メールして」

メールなら通信状態がよくなったときスマホに届く。

「勇くんから？」

呑気《のんき》な調子で土井が訊《き》く。

「それと万羽さんからも。怒ってましたよー、電話したのに出ないって」

土井はポケットをまさぐって、コンソールボックスのスマホに気付いた。

「ま～、ず～、い～」

と、青くなっている。

「用件ですが、丸山くんがこっちへ向かったそうです。万羽さん曰《いわ》く、すごい剣幕だってことで、すでに新幹線の中でした。到着時刻を知らせてくると思うんですけど」

そして福子が調べた倫子の息子の話を告げた。

「雪女の正体が息子の裕真ってことは、ありそうです」

土井は腕組みをして考えている。そして、

「薬学部かあ……薬学部ってのが引っかかるなあ」

と、静かに言った。

「もうひとつ、丸山くんは、『俺が間違えたかも』みたいなことを言っていました。自称山口倫子が秋田へ向かったと」

「佐々木工務店の社長を襲いに？」

清花は改めて目を丸くした。

「そういう意味？」

「いや……わからないけど……予報によれば今夜も雪だし、さすがにマズいか」

土井はしばらく考えて、

「何もなければそれでいいから、工務店を張り込もう」

と、呟《つぶや》いた。


ところが工務店に佐々木正広はいなかった。

警察官の身分を明かした清花ではなく、土井が電話をかけてみたところ、奥さんが出て『仕事の打ち合わせに行った』と答えたのだ。戻ったら電話させますと言うので、こちらからまた掛けますと告げて大まかな帰宅時間を訊《たず》ねると、何時になるかわからないと言う。清花はそれでピンときた。

「『かっぺ』でしょうか、と、訊いてください」

こっそり言うと土井は、

「かっぺですかね？」

しれしれと訊いた。

――あーれ、ご存じでしたか？　すみませんねえ、打ち合わせだか、なんなんだか、飲み代ツケで工賃にしようと思っているんじゃないかってくらい――

「ああ、それじゃそっちに行ってみますので」

――申し訳ないですねえ。あの、いちおう、お名前を――

後半は聞こえなかったふりで、土井は通話を切った。清花のほうを向いて訊く。

「なに？　どこの店？」

「いま調べています。川反にあるのは間違いないので」

清花らはもう、徒歩で工務店の近くへ来ていた。

スマホ画面に降る雪を拭《ふ》き取りながらサーチすると、それは秋田駅から徒歩で二十分程度の飲み屋街にあるとわかった。『かっぺ』は小さな割烹《かっぽう》居酒屋で、清花らがいる場所からは駅を挟んで反対側だ。

「どうします？」

「心配だからそこへ行こう。自称山口倫子がこっちへ向かったと言うなら、雪女が出るにはいい天気だし、社長の容姿はすでに確認済みだから、ぼくが店に行って様子を見るよ。場合によっては家まで送り届けてもいい。襲われたりしたら大変だからね」

「私はどうします？」

歩き出しながら訊いたとき、勇から電話があった。

——丸山です。間もなく秋田駅に……ツー、ツー……——

「丸山くんです。間もなく秋田駅に着くそうですけど」

すると土井は笑って言った。

「どうせ駅を通るんだし、サーちゃんが合流してよ」

「承知しました。その後は？」

「旨《うま》い飯でも食べといて。何かあったら電話でなくメールでお願い。ぼくも佐々木正広と呑《の》んで盛り上がってるかもしれないし」

「そんな呑気な」

と、喋《しゃべ》っている間に、土井はサッサと行ってしまった。瘦《や》せてヒョロヒョロしてるから向かい風でも人より速く歩けるんだ、などと、清花は心で文句を言った。次第に降り積もっていく雪の中、清花は足を止めて勇にメールを送った。

四人目の工務店社長は現在、繁華街の居酒屋『かっぺ』で呑んでいること、この人物は遭難事故に直接加担していないこと、彼の心証では遭難は事故ではなかったこと。

「でもそれを、当時五歳程度の子供が知るはずないのよね」

なぜ十七年も前の悲劇が雪女を呼び起こしたのか。

そう考える一方で、家族を喪《うしな》った者にとって十七年は決して遠い過去ではないとも思う。本当にあれが祟《たた》りではなく復讐《ふくしゅう》ならば、息子はそれを実行できる年齢になるのを待っていたのかもしれない。

清花は、土井が佐々木正広のボディガードを買って出たということも、勇へのメールに書き足した。

――私も秋田駅へ向かいます。七分程度と思います――

送信してから先を急いだ。

工務店から駅の東口へ向かう道は、空き地や駐車場の向こうにまばらにビルが建っている。ビルは明かりが乏しくて、空から雪の触手が攻めてくるかに見える。街灯の下では輝く雪も、それ以外では灰色だ。風は冷たく、目に突き刺さる。

ジャンパーのフードを手で引っ張って俯《うつむ》き加減に急いでいるとき、ふと、心霊スポットの公園について証言した男性の言葉が思い出された。

――誰かが歌を歌ってた……気持ち悪いなと思って見下ろしていたら……白くてヒ

ラヒラしたものが――

「歌……そう、歌よ」

勇もたしかそう言った。自称山口倫子を補導したとき、彼女が歌を歌ったと。その歌にはイタチやサンギョウが出てくる。そしてムスメを煮て食ったのだ。

清花はフードから手を離し、雪を蹴《け》って駆け出した。

普通の道のようには走れないけれど、北海道の凍った道よりまだましだ。やっぱり倫子の息子であろう。母親が死の真相を息子に歌って聞かせていたなら。イタチは伊達で、キミ子は宮藤、ほかにカラスがいたのかも。

清花が駅に着くより早く新幹線を降りた勇は、改札を通ってすぐに清花からのメールを読んだ。見渡しても清花の姿がなかったので、メールの時間と現在の時間を見比べて、あと数分はかかると理解した。メールには駅のどちら側に到着するつもりか書かれていなかったので、取りあえず西口に向かって歩いた。

夜の秋田駅は淡い色の光に包まれて、広大な西口広場がライトアップされていた。一度は外へ出てみたものの、寒さですぐ駅舎に戻り、そこから清花にメールした。

――現着しました。西口広場の近くにいます――

清花からの返信はない。懸命に歩いているのだ。

それにしても、なんてきれいな広場だろうか。雪が積もっているというだけで、世界は幻想的になる。こんな風景が目の前にあるなら、蔵王の雪が生んだ自称山口倫子もきっと、暖かい室内にはいられない。雪に惹《ひ》かれて外に出て、それが覆い隠していくものを苦々しい気持ちで見るだろう。自動ドアから外に出て、髪を乱す横殴りの風の中に立ったとき、どこからか細い歌声が聞こえてきた。

――サンギョウのオカミきみこどん……ムスメを売って、シラセを売って、夜中にムスメを鍋《なべ》で煮た……おしゃべり大好きカラスの長者……煮えたムスメを最初に食べた……手下のイタチが骨を捨て……――

雪を避けられるキャノピーの下ではなくて、吹きっさらしの広場に近い車道の辺りに、白いコートの人物が立っていた。雪でおぼろげにしか見えないけれど、悲しげな歌声と歌詞には聞き覚えがあった。勇はゆっくり近づいていく。

舞い散る雪にコートの裾《すそ》をなびかせて、白い誰かがこちらを見ていた。

「ぼくのこと、覚えてますか?」

と、その人は訊《き》いた。二十歳そこそこの若者だ。色白で、目鼻立ちが整っていて、ブルーグレーの髪をしている。寒さで頬は赤くなっていたが、眉間《みけん》から鼻先にかけては白かった。唇は紫色で、睫毛《まつげ》に雪が張り付いていた。

「ほら、ここではなくて」

「覚えているよ。四年前に大久保公園で会ったね」

敢《あ》えて山口倫子と言わずにおいた。

向こうから声をかけてきたということは、相手がカードを持っているってことだ。昨日と今日で彼のことを調べまくったから、弁護士か主治医か誰かが電話して、警官が身元確認してきたなどと余計なことを伝えたのだろう。

「やっぱり覚えてくれてたんですね。あの時はどうも」

彼はスマートに会釈した。風が髪をかき回し、さながら青白い炎のようだ。

「ぼくもずっと覚えていました。まさかこんなところでまた会えるとは。ねえ、おまわりさん」

ニッと笑って近づいて来る。勇も彼に近づいて、言った。

「俺はもう、おまわりさんじゃないんだよ」

東口に着いてから、清花はようやくスマホの着信履歴を確認した。勇と合流するためだ。案の定メールが来ていて、西口広場の近くにいるという。

頭や体の雪を払って駅舎に入り、西口のほうへ出て行くと、雪が舞い散る屋外に、勇が誰かといるのが見えた。

「あっ」

清花はすぐにスマホを出して、郡山のホストの写真を見た。あの子だ。宮藤公子が熱を上げ、そのあとどこかへ消えた子だ。勇が彼と話している。

清花は二人から離れた場所に立ち止まり、建物の中では会話が聞き取れないと気付いた。そうかといって勇を邪魔することになってはマズい。西口広場を見回して、バス乗り場まで出ることにした。近くを通って存在を知らせ、あとはバス停で待てばいい。寒いけど。再びすっぽりフードをかぶると、通行人のフリで外へ出た。

勇たちのそばを通り過ぎるとき、ホストがボソボソ言うのが聞こえた。

「あんなに親切にしてもらったのに、ぼくは相変わらずで、すみません。あ、そうだ……それじゃ、買います？　ぼくのこと」

清花は耳を疑ったが、そのまま歩いてバス停に立った。雨よけはついているけれど、吹きっさらしには変わりない。ベンチはあるが、お尻《しり》が冷えそうで座れない。でも、二人の声は聞こえる。

「今はこっちで商売してるの？　俺はあんまり持ち合わせがない」

「雪だから公園ってわけにもいきませんしね」

なんだ、この会話は。と、心の中でモゴモゴ言った。

勇の真意は不明だが、仕事をしていることに間違いはない。時々時間を確認しながら耳を澄ましていると、勇が言った。

「じゃあさ、少し温まろうよ。おでんくらいなら俺が奢《おご》るよ」

勇が彼を誘っている。相手の返事は聞こえなかったが、二人が歩き出したので交渉が成立したのだと思った。清花は十分な間を取って、彼らの跡をこっそり追った。

二人が向かうのは繁華街のほうだ。そこに土井がいることも、佐々木正広がいることも、清花は勇にメールしてある。

勇は彼を土井のところへ連れて行くつもりだろうか。そうすれば何が起きると思っているのか。自分はどうするべきなのか。考えて、清花は土井にメールした。

――丸山くんが駅に着き、自称山口倫子を連れて、たぶんそちらへ向かいます。私は離れて跡を追います――

土井から返事はなかったが、勇らを見失うわけにはいかない。

完全に背中を向けられて、会話も聞こえなくなってしまった。サクサクとジャンパーに降り積もる雪の音だけが聞こえる。いったい何を話しているのか、ときおり笑い声がする。滑りそうになると勇がホストの肩に手を掛けて、抱き寄せるような仕草も見える。仲のいい酔っ払いか、同僚のようだと思う。

繁華街へ向かうなら真っ直ぐ西へ行けばいいのに、途中でホストが勇の腕を引き、暗い通りへ進路を変えた。清花は彼らと距離を取り、またも土井にメールした。

――仲小路《なかこうじ》を通ります――

姿を見失ったため急いで追いかけようとした清花は、こんもりと雪をまとった街路樹の下で重なる影に足を止めた。一人は勇で、一人はホストの青年だ。青年の右手が勇の首筋にかかって、唇が重なっている。離れて再び唇を重ねようとしたときに、勇は彼を抱き寄せて相手の頭を肩に乗せ、清花にも聞こえる声の大きさで言った。

「やっぱりそれが癖なんだ？　昔からだよね」

清花はその場を動かず二人を見ていた。狭い小路《こうじ》は外灯も乏しく、勇らがいるのも暗がりだ。それでも雪明かりに勇の黒いコートと青年の白いコートが浮かび上がってよく見える。裾が風をはらんでヒラヒラと舞い、通りかかった酔っ払いが抱き合う二人を冷やかした。

「なーんだ。真冬でも若ぇ《わけ》もんは熱いなや」

その声には聞き覚えがあった。工務店のジャンパーを着て千鳥足で歩いて来たのは佐々木正広で、彼の肩を支えているのは土井だった。佐々木はよろよろと勇らに近寄ると、唐突に、尻餅《しりもち》をつきそうなほどのけぞった。

「おや社長、幽霊でも見たような顔じゃないですか」

そう言ったのは土井で、勇たちから少し離れた場所にいる清花に視線を向けた。ホストは勇から離れようとしたけれど、勇がそれを許さなかった。彼の腕を強く握って、振り返る彼にこう言った。

「江口くん。いま自由にならないと、きみは一生、自分ではない人生を歩むことになるよ。雪女の呪いを解かないと」

そして清花を振り向くと、首を傾げてこう言った。

「清花さん、写真を。俺の首に三つの痣《あざ》があるはずです」

一方、酔った佐々木はホストを指して、

「幽霊……倫子の幽霊だ……」

と慄《おのの》いていて、転がるように逃げようとしたが、そちらは土井が離さなかった。雪に倒れ込む彼を抱え起こして、

「社長も呪縛《じゅばく》を解きましょうか」

と、ニッコリ笑う。

「おめさん、いったい……」

驚愕《きょうがく》の表情を見せた佐々木に、跪《ひざまず》いたままで土井が言う。

「改めまして。ぼくは警察庁特捜地域潜入班の土井という者です」

清花が近づいていくと、青年は刺すような目で勇を睨《にら》み、

「ぼくを売るのか？　売ったのか？」

突き飛ばそうとしたが、勇は益々《ますます》強く彼を抱きしめた。

「裏切ったんだな？　逮捕に来たのか、裏切り者」

「そうじゃない。俺はきみを救いに来たんだ。ほんとだ」

あーははははは……と、どこかで酔っ払いの笑い声がした。勇とホストと土井と佐々木、そして清花の周囲には、深々と雪が降っている。

直後。

清花らがいたのは、勇が青年に奢ると約束したおでん屋の個室であった。向かい合いに六席の狭苦しい部屋で、片方の席に勇と裕真と清花が座り、向かいに土井と佐々木が座っていた。五人の前にはお猪口《ちょこ》が置かれ、湯気の立つ熱燗《あつかん》が注がれている。

勇の首に残った痣は、清花が写真に収めて福子に送った。遺体の痣と重ねてみれば同様のものとわかるだろう。キスしたときについたものだが、その理由についてはまだわかっていない。青年からはシュガータブレットの香りがし、口づけの味を連想させた。彼は手袋をしたままで、誰とも視線を合わすことなく俯《うつむ》いている。

「佐々木さん、紹介します」

と、勇が言った。耳の後ろに丸くて小さな三つの痣がある。

「こちらは旧姓山口裕真くん。倫子さんの息子さんです」

佐々木はすっかり酔いの醒《さ》めた顔をして、湯気の立つお猪口を見つめていた。

「裕真くん」

と、勇はまた言う。

「そちらは佐々木正広さん。お喋《しゃべ》り好きなカラスの長者の、秘書のようなことをしていた人だよ」

裕真は微《かす》かに笑い、皮肉を込めた口調で言った。

「あんただけがわからなくて、時間を食っちゃったんだよね」

冷たくて低い声だった。前髪がバサバサと顔に落ち、その隙間から射るような眼差《まなざ》しが覗《のぞ》いている。間近で見ると鼻の脇に微かな引きつれがある。手袋をした両手に目をやったとき、清花は違和感に気がついた。

「俺の首の痣ですが」

と、勇は裕真越しに清花を見て言う。

「あれは指の痕《あと》でした」

それから裕真の横顔に目をやった。弁護士や医者を調べて、勇は裕真が負った凍傷のことを聞いたのだ。清花は思った。そうか……どうして気がつかなかったのだろう。耳や鼻を失うほどの凍傷を、ほかにも負った可能性を。

「エピテーゼ」

と、清花は言った。それは体の欠損部分を補う装具だ。使えば見た目はほとんどわからなくなるが、欠損した部分は動かせない。首に残った三つの痕は、骨が通った三本指の痕だったのだ。唇を重ねるとき、彼には相手の顔が動かないよう強く押さえる癖がある。

「スノーホワイトは舌技がすごい。ね？　そうだよね？　江口くん」

彼は「けっ」と鼻を鳴らした。

「シュガータブレットはそのためね。キスをして、そして」

「仕事だもの。何か悪いの？」

凍るような目を清花に向けて彼は笑った。

「迷惑行為防止条例違反で逮捕する？　ぼくだけじゃなく、元おまわりさんも？」

「そうじゃないのよ。聞いてほしい話があるの」

清花は佐々木正広と裕真の顔を交互に見つめた。

「ここにいる佐々木さんは無関係なの。むしろお母さんが亡くなったとき、佐々木さんは遭難が仕組まれたものじゃないかと警察に相談していたの。加担していないの。本当よ」

清花が言うと、裕真は薄く不気味に笑った。

「だからなに？」

その声に、佐々木が突然頭を下げた。額をテーブルに擦《こす》り付け、けれど言葉は発しなかった。裕真は続ける。

「小さいから何もわからないと思ってた？　覚えていないと思ったかよ……ぼくは絶対に忘れない。あいつらが置いていったリュックには、体を温める物なんか何も入っていなかった……リュックを置いていくから大丈夫だと恩着せがましく言ってたくせに、服も懐炉も食べ物もなかった。それを知った母さんの絶望も……ぼくは絶対忘れない」

そして勇の顔を見た。

「もう、おまわりさんじゃないと言ったね」

「言った。俺は今、刑事だよ。生活安全局の刑事になった」

裕真は「ふん」と顔を歪《ゆが》めた。

「そう……ぼくを騙《だま》して逮捕しに来たってわけだ」

「逮捕されるようなことをしたのかい？」

勇が訊《き》くと、裕真はサッと顔を背けて、熱燗を一気に呑《の》んだ。

勇もお猪口を空にして、裕真と自分に酌をした。佐々木も土井も黙っている。

「唐洲寛や宮藤公子のことを、江口くんはどうやって知ったの？」

と、清花が訊いた。

「あと、伊達拓也のことも……最初が伊達だったわよね？　バックカントリーで遭難したとき、そばに白い女の人がいたって聞いた。それはきみ？」

「雪女だよ」

裕真は笑い、またも酒を飲み干した。今度は土井が酌をする。お通しはホタテの貝ひもと佃煮《つくだに》にしたとんぶりで、おでんはまだ出てこない。けれど食べ物に手をつける者はいなかった。

「雪女が来るんだ。母さんが死んでからずっと、いつもぼくのそばにいるのさ」

「きみの頭に入り込み、時々人格が入れ替わるんだろ？」

勇がまた静かに言った。

「きみが通っていた病院で主治医から話を聞いたよ。俺が補導したときも、きみは雪女だったんだね。聴取の途中で倒れたときに、同じ歌を歌っていた……今夜歌っていた歌だ」

「サンギョウのオカミきみこどん……ムスメを売って、シラセを売って」

裕真はか細い声で歌い始めた。賑《にぎ》やかな場所で聞いてさえ、薄気味悪い歌だった。

「おしゃべり大好きカラスの長者。煮えたムスメを最初に食べた」

歌がイタチに触れたとき、佐々木がいきなり泣き出した。

「申し訳ねえ、勘弁してくれ。俺が止めればよかったんだよ。俺にもあんたくらいの息子がいてさ、だから、よっぽど……」

「それをしてたら社長が死んでいたかもですね。せっかく警察に来てくれたのに」

すみませんでした。と、土井は立ち上がり、裕真に向かって頭を下げた。

「警察官としてお詫《わ》びします」

清花と勇も席を立ち、頭を下げて謝った。

「ふ……」

と、裕真は顔を歪めて、

「うふふ、ふふふふ」

と、笑い出す。そのまま大声で笑いそうになったとき、佐々木が言った。

「倫子は相手の名前を歌にして、息子のあんたに教えたんだな。小屋でリュックを開けたとき、騙されたことに気がついたんだ。俺……俺ぁ知ってる。あんたの母親が、どうやってあんたを守ったか」

清花らは椅子に腰を下ろした。

「守ってない。母さんは死んだ。守ってない」

「守ろうとしたんだ。知ってるさ。あんたの母親は両目をバッチリ開けていた。着ているものを全部あんたに掛けて、裸であんたに覆い被《かぶ》さってた」

「違う。母さんは助けを呼びに出て行ったんだ。その隙に雪女が来たんだよ。ずっと歌を歌ってた。その声が、頭で鳴り止まないんだ。薬を飲んでも病院へ通っても、ずっと頭に響いてるんだ。苦しくて、中学生くらいのときに事故について調べた。雪女のことは書いてなかったけど、もっと調べていくうちに、あるとき突然気がついたんだ。歌は誰かの名前じゃないか。雪女は、それを伝えたいんじゃないのか」

「そこから調べ始めたんだね――」

と、勇が言った。

「――調べて、そして計画をして、薬学部に進むと決めた？」

「なんでもお見通しかよ……元おまわりさん」

「きみは成績優秀だった。そして養父母に迷惑をかけないように、休みになると大久保で稼ぎ、お金を貯めて準備を進めた。最初に接触したのが伊達だ。スキー場でバイトしてたって？　彼が会社の同僚とスノボに行くのを知ってたんだね？」

「ずっとSNSをチェックしていた。チョロいよ」

「殺したの？」

「会って一緒に飲んだだけ。なにもしてない」

「キスはした？」

裕真は勇をジッと見た。

「俺のことも殺《や》る気だったの？」

「いや別に。おごってくれると言ったから、お礼のつもりで」

勇は土井のほうを見た。そして隣の佐々木に言った。

「唐洲寛以外は解剖されていませんが、宮藤公子は多量のアルコールを摂取していたことがわかっています。もしも宮藤公子や伊達拓也を調べていたら、唐洲と同様にニトロペンが検出されたと思います」

清花はその瞬間、裕真の瞳孔《どうこう》が開くのを見た。勇が裕真を覗《のぞ》き込む。

「ニトロペン、知っているよね？　薬学を学んでいるわけだから……あのさ……」

狭い座席で体をよじって、勇は一呼吸して、言った。

「シュガータブレットのキスはステキだったよ。グイグイ舌を絡めてくるから、一瞬気を失いそうになった。あれを毎回やられていたら、舌下剤を押し込まれても警戒しないと思うんだ」

「証拠があるの？」

「証拠はないよ」

と、勇は言った。

「ねえ。勘違いしないで欲しい。俺たちはきみを救いに来たんだ」

「貧困から？　お金ならある」

「そうじゃなく、雪女の呪縛《じゅばく》からだよ」

勇は静かな声で、けれどはっきりそう告げた。

「きみはきみ。江口裕真って人間だ。俺はあんたの母親をよく知らないけど、きみを守ったお母さんがさ、雪女のわけないじゃんか」

「だから、母親は出て行ったんだ。歌っていたのは雪女だよ」

「捜索隊が避難小屋に着いたとき」

と、清花は裕真に言った。

「お母さんはあなたに覆い被さって凍っていたの。裸で、カッと目を見開いて、真っ白に凍り付いていたそうよ。助けを呼びに行ったと言うなら、あなたと一緒に小屋にいたのはおかしいわ」

裕真は猪口《ちよこ》をひっ摑《つか》み、ガッと中身を飲み干した。

清花は酒を注いでやって、また言った。

「お母さんから呪いを引き継いだと思っているのね。お母さんが歌に込めた怨《うら》みがあなたに染みこんで、人生を狂わされたと思っているのね」

「思っていない」

と、彼は言う。

「清花さん」

と、勇も言った。そして裕真の肩に手を置いた。

「本物の雪女がいて、歌の呪いを置いていったかどうか知らないけどさ、自由になれよ。俺がついてる」

「は……なにを……」

「大久保のときも、俺はきみに同じことを言ったよな？　きみは連絡くれなかったけど、俺は公園に行くたび気にして見てたよ？　相談に乗るって言ったんだから、どうしてそのとき……」

言葉を切って、勇は悔しそうに唇を嚙《か》む。

そうじゃない。たぶんそこではないのだと、清花は裕真を見て考えていた。やっぱり、どう考えても母親は、凄惨《せいさん》な死に方をすることで彼に呪いをかけたのだ。それを母親と認めるのが辛《つら》くて、子供は雪女を生みだした。雪女の呪いは歌になり、今も心に巣くっている。幼い子供にとって親は世界の全てだからだ。

「まあ俺も……偉そうなこと言える立場じゃなくて、真っ黒なものを抱えていたから嫌われたのかもしれないけどさ……自分に戻ってケリをつけろよ。協力するから」

「お母さんは」

と、清花はまた言った。江口裕真を救うことのみを考えていた。

「呪いをかけるために歌ったんじゃない」

「なに言ってるの？　あなたにわかるわけがない」

「わかるわ。私も母親だから」

自分の酒をグイと飲み、テーブルにお猪口を戻して清花は言った。

「あなたはまだ小さくて、小屋で先に動けなくなった。お母さんはあなたを守るため、何をすべきか考えた。リュックが空で暖を取る方法がなければ、あとは抱き合って温め合うか、全てを与えてあなたを守るか、それしかないの」

そうなんだ。歌はそのために必要だった。清花は裕真を見て言った。

「捜索隊は、裸であなたに覆い被さって死んだお母さんを見た。その姿を生涯忘れないと言っていた。みんなが泣いたと……お母さんが歌を歌ったのは自分のためよ。決して呪いのためじゃない」

そう言うと、裕真はようやく清花を見た。瞳《ひとみ》の奥に五歳の少年が見え隠れする。

「お母さんは怒ったの。たぶんあなたを巻き込んだことに。そして怒りを歌にした。死なないように。死ねば体温が下がってしまうから。だから歌い続けたの。怒って、呪って、生き抜いて、あなたを温め続けるために歌ったの。それをあなたが聞いていたとは、きっと思っていなかったはず」

裕真はなにも言わなかったが、ハラリと一粒涙がこぼれた。

そうだとも、呪いであるはずがない。母親は自分を鼓舞していたのだ。自分の魂を闇にくべ、怒りの炎を燃やして子供を守った。母親だもの。

そうであって欲しいと清花は願う。

「辛かったよな」

勇が言って、裕真の頭に手を置いた。

「怒っていいよ、我慢しないで、ちくしょうって運命を呪っていいよ。どうして先に死んだんだ、どうして俺を一人にしたんだ、腹が立つよな、よくわかる。世の中なんて不公平で、頭にくることばっかりだ。俺が決めたわけじゃないのに、クソ……バカヤロウ……わかるよ、怒れよ」

そして彼を抱き寄せた。裕真は勇に寄りかかり、無表情で唇を噛んだ。丸山勇は両目を充血させて怒っている。江口裕真を強く抱き、頭に額をつけてまた言った。

「だけど負けるな。これはあんたの人生だ」

そのとき裕真の両目から、ポロポロポロ、と涙がこぼれた。それは次々に頬を伝って、再び顔色が二色になった。勇までが泣いている。一緒になって泣いている。

清花らはただ、彼らが泣くのを見守っていた。

沈黙の数分が過ぎたとき、勇から体を離して姿勢を正し、裕真は真っ直ぐに土井を見た。そして、訊いた。

「今はオジさんが彼の上司？」

「そうだよ」

土井はあの情けない笑顔で頷いた。

「ショボさ全開だけど……悪くないね」

そして勇を振り向くと、「ありがとう」と、微かに笑った。

「三人を凍死させました。罠《わな》を張って近づいて、大量に飲酒させ、キスして舌下錠を押し込んだ……首が動かないよう押さえつけ、エクスタシーを感じる振りで、舌でかき回して吐き出させなかった……急激に血圧を低下させ……そのまま屋外に放置した」

死んでも死ななくても、どっちでもよかったと裕真は言った。そのとき自分は雪女になっていたから。

おそらく、宮藤公子以外はその後に意識を取り戻し、低体温症による狂騒状態に陥って、幻の中で死んだのだ。

佐々木正広はまだ泣いている。けれどもこれで彼自身も、雪女の呪縛から逃れることができるのだろうと清花は思った。

勇は裕真を連れて新幹線に乗り、清花と土井は『捜査本部』で東京へ戻ることにした。彼が起こした事件がどのような扱いになるのか、清花にはわからない。すでに解決した案件だし、裕真は身体的にも精神的にも傷ついている。

「どうなりますかね？」

キャンカーの助手席から土井に訊《たず》ねたら、土井はいつもの緩い感じで、

「返町課長も、た〜い〜へんだ〜」

と、言って笑った。

たしかにそうだと清花も思い、メロンのグミを二粒食べた。

エピローグ

翌土曜日の午後四時近く。キャンカー捜査を終えた清花が通常よりも早く家に戻ると、玄関に見慣れぬ小さな靴が二足揃えて置かれていた。

「マーマー、おかえりー」

リビングから桃香が駆けてくる。その後ろから、男の子と女の子が覗《のぞ》いていた。

「ただいま、お友だちが来てるの？」

一人は同じマンションのミチオくんだが、もう一人の女の子は初めて見る顔だった。

「こんにちは」

と、微笑みかけると、二人も「こんにちは」と、挨拶《あいさつ》をした。出張のカバンと荷物を持って、清花は桃香とリビングへ入った。

「お義母《かあ》さん、ただいま帰りました」

「大変だったわねえ」

と言いながら、義母《はは》はおやつの準備をしていた。

お茶の用意は進んでいるが、お菓子がまだ出ていなかったので、清花はお土産用の紙袋からミルク饅頭《まんじゆう》の『ままどおる』を出した。

「これ、福島で有名なお菓子みたいだから買ってきました」

「あら、ちょうどよかったわ」

「あとは氷餅《こおりもち》とか、温麺《うーめん》とか、お料理に使うやつなのでキッチンに置きますね」

清花が食材を片付けている間に、義母はお菓子のパッケージを高々と上げ、

「ママのお土産を食べましょう」

子供たちにそう言った。

わあっと歓声が上がったあとで、桃香が腰のあたりに張り付いてくる。

「お豆のお人形は？　ナナちゃんとミチオくんにね、お話ししたら見てみたいって」

などと言う。そうか、一人はあのナナちゃんか。お土産を見せびらかすのは悪趣味じゃないかと一瞬考え、いや、それは大人の価値観だと思い直した。

ここは娘に任せるべきか。

清花はお土産の袋をかき回し、下の方に紛れていた小さい包みを桃香に渡した。顔がかわいらしくて選べなかった起き上がり小法師《こぼし》が、色違いで三つ入っている。

桃香は友だち二人を従えてソファまで走り、テーブルに意気揚々と中身を出した。

コロコロコロンと小法師がテーブルに落ち、

「かーわいいー！」

ナナちゃんとミチオくんが同時に言った。けれど桃香は難しい顔で考えている。

「寝ても自分で立つんだね」

「小さいね」

「かわいいね」

桃香だけが黙っている。眉間《みけん》に思いっきり縦皺《たてじわ》を寄せ、三つの小法師を見つめることしばし……唐突に三つを手に持つと、ミチオくんには水色を、ナナちゃんには赤色を渡して、自分は黄色の一つを握り、とても、とても小さくて苦しげな声で、

「……あ、げ、る」

と、言った。

「え、いいの？」

「桃香ちゃん、ありがとう！」

ミチオくんとナナちゃんにお礼を言われると、桃香はダッシュで駆けてきて、清花のお腹にしがみつき、グイグイと頭をこすりつけてきた。

泣いている。本当はあげたくなかったのだ。

清花は義母と視線を交わし、優しく桃香の頭を撫《な》でた。よくやった、娘よ。

「さあ、お茶ですよ。オモチャを片しなさーい」

絶妙のタイミングで義母が言う。

お茶の席には子供らの前に三つの小法師がコロコロ並び、桃香が菓子を分けている。ミチオくんもナナちゃんも嬉《うれ》しそうなのを見て、清花は東北の雪を思った。雪景色は全てを覆い隠して美しいけれど、その下に隠されたものを忘れちゃいけない。子供たちはきっと、大人よりも敏感にそれを感じ取るのだろうと。


日曜日。

リビングに桃香が積み上げた本や絵本を読まされているとき、清花のスマホに何枚かの画像メールが届いた。

一枚目は画面一杯にピースサインを送る福子の顔で、背景の隙間に苦笑いする土井と勇が写っていた。二枚目は無縁墓の写真で、花と線香が供えてあった。さらに三枚目、丸山家と彫られた墓石に両手を合わせる勇が写っていた。

「なーに？」

と、桃香がスマホを覗き、

「お墓？」

そう訊《き》いてから、

「イサミお兄ちゃんだ！」

と、嬉しそうに叫んだ。

近くでテレビを見ていた勉と目が合ったので、説明をした。

「土井さんたち、みんなで一緒に丸山くんの家のお墓参りに行ったみたい」

「あら？　丸山さんってご両親と生き別れになったと言ってなかった？」

「生活安全局の刑事だよな」

「そうなの。たまたま今回の捜査でお父さんの身元がわかって、それで」

「ご健在じゃなかったのね、お墓？」

「はい。ルーツがわかって本家のお墓へ行ったようです」

「マーマー、ご本」

桃香に言われて、清花は民話を引き寄せた。雪女の話を読んであげよう。

窓の外は日差しが明るく、マンションの近くの梅は咲き始めている。東北ではまだ雪が逆巻いていたのに、日本は本当に広いなと思う。

土井たちが勇の墓参りに同行したのにも、自分が誘われなかった理由にも、清花は深く納得していた。土井と福子は自分に家族との時間を与え、勇の新しい家族として墓参りについていったのだ。

本を膝《ひざ》に置いて窓を見た。晴れ間に覗く青空の澄んでいること。雪景色ばかり見てきた清花には、一気に春が押し寄せてきたようにも思える。雪国の景色は幻想的で、何もかも包み込んでいたけれど、その下にあるもののことを忘れちゃダメだ。

「むかしむかし。ムサシの国のある村に、茂作《もさく》と巳之吉《みのきち》という二人の木こりが住んでいました」

それは真冬の吹雪の晩に、木こりが出会った女の話だ。

美しい白装束の、冬の化身のものがたり。

清花は本を読みながら、江口裕真の母親の魂が安らかであれと願った。

to be continued.

参考文献

『腕くらべ』永井荷風　岩波文庫　１９８７年
『怪談・奇談』ラフカディオ・ハーン／著　田代三千稔／訳　角川文庫　１９５６年
『ふるさと千葉県の民話』安藤　操　千秋社　１９８０年
『北海道こわいこわい物語』合田一道　幻洋社　１９８８年
『北海道の伝説』須藤隆仙　山音文学会　１９７１年
『なまはげ　秋田・男鹿のくらしを守る神の行事』小賀野実　ポプラ社　２０１９年
「クーリーの社会心理学　自我と社会の相互作用の理論」斉川富夫
一橋研究第４巻第１号　１９７９年
https://hermes-ir.lib.hit-u.ac.jp/hermes/ir/re/6408/kenkyu0040100390.pdf
「今冬（令和３年度）の雪による被害状況について（第26報・最終報）」
新潟県防災局危機対策課　２０２２年
https://www.pref.niigata.lg.jp/uploaded/attachment/333537.pdf
「犯罪死の見逃し防止に資する死因究明制度の在り方について」
犯罪死の見逃し防止に資する死因究明制度の在り方に関する研究会　２０１１年
https://www.npa.go.jp/bureau/criminal/souichi/gijiyoushi.pdf

「死因究明等に対する体制・実績に係る調査結果について　死因究明等に関する横断的実態
調査の概要（令和4年度）」 厚生労働省　２０２３年
https://www.mhlw.go.jp/content/10800000/001146194.pdf
「昔話・民話の語り納めの言葉（結句）に関する研究」 笹倉　剛
神戸親和女子大学言語文化研究8号　２０１４年
https://core.ac.uk/download/277536718.pdf
e-Gov 法令検索　売春防止法（昭和三十一年法律第百十八号）
https://elaws.e-gov.go.jp/document?lawid=331AC0000000118

本書は書き下ろしです。
この作品はフィクションであり、実在の人物、
団体、事件等とは一切関係ありません。

COLD《コールド》　警察庁《けいさつちよう》特捜《とくそう》地域《ちいき》潜入《せんにゆう》班《はん》・鳴瀬《なるせ》清花《さやか》
内藤《ないとう》 了《りよう》

角川ホラー文庫　24177

令和6年5月25日　初版発行

発行者———山下直久
発　行———株式会社KADOKAWA
〒102-8177　東京都千代田区富士見2-13-3
電話 0570-002-301（ナビダイヤル）
印刷所———株式会社暁印刷
製本所———本間製本株式会社
装幀者———田島照久

●お問い合わせ
https://www.kadokawa.co.jp/ （「お問い合わせ」へお進みください）
※内容によっては、お答えできない場合があります。
※サポートは日本国内のみとさせていただきます。
※Japanese text only

ISBN978-4-04-114372-8　C0193

角川文庫発刊に際して

角 川 源 義

第二次世界大戦の敗北は、軍事力の敗北であった以上に、私たちの若い文化力の敗退であった。私たちの文化が戦争に対して如何に無力であり、単なるあだ花に過ぎなかったかを、私たちは身を以て体験し痛感した。西洋近代文化の摂取にとって、明治以後八十年の歳月は決して短かすぎたとは言えない。にもかかわらず、近代文化の伝統を確立し、自由な批判と柔軟な良識に富む文化層として自らを形成することに私たちは失敗して来た。そしてこれは、各層への文化の普及滲透を任務とする出版人の責任でもあった。

一九四五年以来、私たちは再び振出しに戻り、第一歩から踏み出すことを余儀なくされた。これは大きな不幸ではあるが、反面、これまでの混沌・未熟・歪曲の中にあった我が国の文化に秩序と確たる基礎を齎らすためには絶好の機会でもある。角川書店は、このような祖国の文化的危機にあたり、微力をも顧みず再建の礎石たるべき抱負と決意とをもって出発したが、ここに創立以来の念願を果すべく角川文庫を発刊する。これまで刊行されたあらゆる全集叢書文庫類の長所と短所とを検討し、古今東西の不朽の典籍を、良心的編集のもとに、廉価に、そして書架にふさわしい美本として、多くのひとびとに提供しようとする。しかし私たちは徒らに百科全書的な知識のジレッタントを作ることを目的とせず、あくまで祖国の文化に秩序と再建への道を示し、この文庫を角川書店の栄ある事業として、今後永久に継続発展せしめ、学芸と教養との殿堂として大成せんことを期したい。多くの読書子の愛情ある忠言と支持とによって、この希望と抱負とを完遂せしめられんことを願う。

一九四九年五月三日